目次

主な登場人物

新見左近——浪人新見左近を名乗り市中に出るが、その正体は甲府藩主徳川綱豊。たびたび市中に繰り出しては、秘剣葵一刀流でさまざまな悪を成敗しつつ、自由な日々を送っていた。五代将軍綱吉たっての願いで仮の世継ぎとして西ノ丸に入ってからは平穏な日々を過ごしていたが、京にいるはずのお琴の身に危難が訪れたことを知り、ふたたび市中へくだる。晴れて西ノ丸から解放され、桜田の甲府藩邸に戻る。

お峰——実家の旗本三島家が絶えたため、母方の伯父である岩城雪斎の養女となっていた、左近の亡き許嫁。妹のお琴の行く末を左近に託す。

お琴——お峰の妹で、左近の想い人。小間物問屋、中屋の京の出店をまかされ江戸を離れていたが、店を焼かれたため江戸に逃れ身を潜めていた。貴船屋の事件解決後、左近と無事再会を果たし、三島町で小間物屋の三島屋を再開している。

みさえ——病で亡くなった友人のおかえから託されたお琴の養女。お琴と共に三島屋で暮らす。

権八——およねの亭主で、腕のいい大工。女房のおよねともども、お琴について京に行っていた。江戸に戻ってからは大工の棟梁となり、三島屋裏の鉄瓶長屋で暮らしている。

およね——権八の女房で三島屋で働いている。よき理解者として、お琴を支えている。

吉田小五郎——甲州忍者を束ねる頭目で、左近の警固役。幼い頃から左近に仕え、全幅の信頼を寄せられている。三島町で再開した三島屋の隣で煮売り屋をふたたびはじめ、配下のかえでと共にお琴の身を警固する。

かえで——小五郎配下の甲州忍者。小五郎と共に左近を助け、煮売り屋では小五郎の女房だと称している。

間部詮房——左近の養父で甲府藩家老の新見正信が、左近の右腕とするべく見出した俊英。左近が絶大な信頼を寄せる、側近中の側近。

岩城泰徳――お峰とお琴の義理の兄で、本所石原町にある甲斐無限流岩城道場の当主。父雪斎が左近の養父新見正信と剣友で、左近とは幼い頃からの親友。妻のお滝には頭が上がらぬ恐妻家だが、念願の子を授かり、雪松と名づけた。

岩倉具家――京の公家の養子となるも、密かに徳川家光の血を引いており、将軍になる野望を持っていたが、左近の人物を見込み交誼を結ぶ。鬼法眼流の遣い手で、京でお琴たちを守っていたが、修行の旅を経て江戸に戻ってきた。市田実清の娘光代を娶る。

西川東洋――上野北大門町に診療所を開く、甲府藩の御殿医。一時、診療所を弟子の木田正才と女中のおたえにまかせ、七軒町に越していたが、ふたたび北大門町に戻り、三人で暮らしている。

篠田山城守政頼――左近が西ノ丸に入る際に、綱吉が監視役として送り込んだ附家老。通称は又兵衛。元は直参旗本で、左近のもとに来るまでは、五年にわたって大目付の任に就いていた。

おこん――西川東洋の友人の医師、太田宗庵の娘。嫁入り前の武家奉公のため、甲府藩の桜田屋敷に入り、奥御殿女中を務めている。

皐月――間部の遠縁で、奥御殿女中の指導役。おこんたちを厳しくも温かく見守っている。

新井白石――左近を名君に仕立て上げるべく、又兵衛が招聘を強くすすめた儒学者。本所で私塾を開いており、左近も通っている。

徳川綱吉――徳川幕府第五代将軍。四代将軍家綱の弟で、甥の綱豊（左近）との後継争いの末、将軍の座に収まる。だが、自身も世継ぎに恵まれず、その座をめぐり、娘の鶴姫に暗殺の魔の手が伸びることを恐れ、綱豊に、世間を欺く仮の世継ぎとして、西ノ丸に入ることを命じるも、病により鶴姫を喪う。

柳沢吉保――綱吉の側近。大変な切れ者で、綱吉の覚えめでたく、老中上座に任ぜられ、権勢を誇っている。綱吉から一字を賜り、保明から改名。

徳川家宣

江戸幕府第六代将軍
寛文二年（一六六二）〜正徳二年（一七一二）

寛文二年（一六六二）四月、四代将軍徳川家綱の弟で、甲府藩主徳川綱重の子として生まれる。綱重が正室を娶る前の誕生であったため、家臣新見正信のもとで育てられる。

寛文十年（一六七〇）、九歳のときに認知され、綱重の嗣子となり、元服後、綱豊と名乗る。延宝六年（一六七八）の父綱重の逝去を受け、十七歳で甲府藩主となる。将軍家綱が亡くなった際には、世継ぎとして候補に名があがったが、将軍の座には、叔父の綱吉が就いた。

五代将軍綱吉も、嫡男の早世や、長女鶴姫の婿である紀州藩主徳川綱教の死去等で世継ぎに恵まれなかったため、宝永元年（一七〇四）、綱豊が四十三歳のときに養嗣子となり、江戸城西ノ丸に入り、名も家宣と改める。宝永六年（一七〇九）の綱吉の逝去にともない、四十八歳で第六代将軍に就任する。

将軍就任後は、生類憐みの令をはじめとした、前政権で不評だった政策を次々と撤廃。間部詮房を側用人として重用し、新井白石の案を採用するなど、困窮にあえぐ庶民のため、政治の刷新をはかり、万民に歓迎される。正徳二年（一七一二）、五十一歳で亡くなったため、治世は三年あまりとごく短いものであったが、徳川将軍十五代の中でも一、二を争う名君であったと評されている。

新・浪人若さま　新見左近【十六】

鬼狩党始末

この作品は双葉文庫のために書き下ろされました。

第一話　剣豪の涙

一

宝永元年（一七〇四）十一月。

五代将軍徳川綱吉は、甥の新見左近こと徳川綱豊を世継ぎに定め、西ノ丸に入るよう命じた。

前回の元禄元年（一六八八）十二月の西ノ丸入りは、鶴姫の命を奪わんとする者の目を左近に向けるための、言わば身代わりとしてであった。その後、左近が桜田の甲府藩邸に戻ったのを機に、江戸の民たちは、身代わりだったのだと理解し、世継ぎはやはり、鶴姫の婿、紀州徳川家のあるじ綱教だと予想していた。

しかしながら、綱吉がその意思を世に示さぬまま鶴姫が身罷ってしまい、まだ一周忌も迎えぬうちに、左近の西ノ丸入りが決まった。

これは公儀のお触れをもって日ノ本中に広められたこともあり、江戸の民たち

は、

「こいつはいいや」

「甲州様の次期将軍は本物だ」

などと言い、生類憐みの令や小判改鋳による物価高など、民を苦しめていた政が変わるという噂が、密やかに広まりつつある。

そのいっぽうで、綱吉の政で物がよく売れていた時期もあり、改鋳に反対していた左近の代になるのを心配する声も、商人のあいだでは少なからずあるのも確かだった。

諸大名たちはというと、鶴姫が存命の時、世継ぎは紀州侯に決まるだろうと噂していたが、今回の綱吉の決断を称賛する者ばかりだった。それだけ、左近の人望が厚かったのだ。

大名たちの態度はあからさまで、鶴姫が健在の折は、年の瀬にはこぞって貢ぎ物を届けていたが、今年は、まるで手のひらを返したように顔を出さなくなり、紀州藩邸は閑散としている。

そして甲府藩邸の表門は、左近の世継ぎが決まって以来、連日祝いの品を届ける者たちの行列ができていた。

そんな甲府藩邸の様子を、唇を嚙みしめて見ている者がいた。

黒塗りの編笠の下にある目は、恨みに満ちている。

左近が世継ぎになるのをよしとせぬこの者は、紀州藩主徳川綱教の側用人の一人、大貞持周だ。

供の者も連れずに様子を見に来ていた大貞は、貢ぎ物を断る甲府藩の家来たちを横目に門前を通り過ぎ、赤坂御門内の藩邸近くにある別宅に戻った。

妻子を国許の紀伊に残している大貞は、藩邸の前にある麴町隼町に仕舞屋を買い、若い妾を住まわせているのだ。

出迎えた妾が、恐れた顔をした。

大貞は帯から鞘ごと抜いた大刀を渡して言う。

「わしの顔が恐ろしいか」

「はい」

素直に答える妾に、大貞は相好を崩した。

「そうか、恐ろしいか。このような顔では、殿の御前に出られぬな」

そう言って奥の自室に入った大貞は、刀を刀掛けに置いた妾を下がらせ、障子を閉めた。

あるじ綱教が世継ぎに選ばれると信じて疑わなかった大貞は、甲府藩邸の盛況ぶりを己の目で確かめるまでは、望みを捨てなかった。今まさに、己の野望が崩れ落ち、その悔しさのあまり両手を畳にたたきつけ、爪が剥がれんばかりに力を込めて引っかきながら涙を流した。

「おのれ綱豊め」

狡猾に立ち回り、綱教の輝かしい未来をまんまと横取りしたと信じて疑わぬ大貞は、恨みに目を充血させ、鬼の形相になっている。

綱教を将軍にするには、綱豊を殺すしかない。

だが自ら刃を向けてしくじれば、綱教が罰を受けるは必定。

主君を守るためにも、紀州藩の仕業と悟られぬよう暗殺しなければならない。

居住まいを正し、目を閉じてしばらく黙考した大貞は、ゆっくりと瞼を開けた。

その時にはもう、充血していた白目は青みを帯び、目は思慮深い光を取り戻している。

「木葉」

呼ぶなり、妾が障子を開けた。

「ここにおりまする」

色白で目鼻立ちが整った顔に不安の色を浮かべている木葉に、大貞は穏やかに告げる。

「古藤義頼を呼んでくれ」

目を伏せて応じた木葉は障子を閉め、足音もなく去った。

藩邸に詰めていた腹心の配下が来たのは、程なくだ。

大貞の呼び出しを待っていたかのように、落ち着いた様子で現れた古藤は、座敷に入って正座した。

木葉が障子を閉め、立ち去ってゆく。

待つあいだに沸かしていた鉄瓶から湯をすくい、茶碗に入れた大貞は、古藤の前に置いた。

「白湯だ。今日はやけに冷える」

「いただきます」

両手で持って口に運んだ古藤は、一口すすった。

大貞が、重々しい口調で告げる。

「そちが申したとおり、桜田はにぎわっておった。殿はいかがお過ごしじゃ」

「奥御殿に籠もられたままにございます」

「おいたわしや。鶴姫様を喪ったうえに、こたびの非情の仕打ちじゃ。わしならば、とても耐えられぬ。そうは思わぬか」

古藤は眉間の皺を深くしてうなずいた。

大貞は、鋭い眼差しを向ける。

「かの者は、まだ見つからぬのか」

「そのことを、お知らせに上がるつもりでした。大貞様がお出かけされて間もなく、手の者から吉報が届いてございます」

「おお、見つかったか。確かに、岡光剣馬であろうな」

「間違いございませぬ」

大貞は、満足そうにうなずいた。

捜していた男は、五年前綱豊に悪事を暴かれ、改易にされた旗本、桐山摂津守の家来だ。

桐山とは懇意ではなかったものの、剣の腕が立つ岡光剣馬には一目置いていた。

桐山は町の金貸しと結託して、当時、綱吉の政のおかげで大儲けをしていた商家を陥れ、身代を乗っ取って大金を得ていた。だが、庶民の味方である左近に悪事を見抜かれて成敗され、桐山家は改易となったのだ。

古藤が言う。

「岡光剣馬は罪に問われなかったものの、どこにも仕官できず、辛酸を嘗めております。主家を失った一年後には金が底を突き、日雇い仕事をしながら貧しい暮らしをしておりましたが、病を得た妻のための薬代もなく、死なせてしまったようです」

大貞が問う。

「女房が死んだのはいつじゃ」

「今年の二月です」

「まことに、綱豊を恨んでおるのか」

「妻を亡くした悲しみで身を持ち崩し、酒に溺れては綱豊への恨み節を並べておるようです」

「それはよいことじゃ。今は何をしておる」

「やくざに拾われ、用心棒をしてございます」

「綱豊は葵一刀流の達人であるが、かの者の剣の腕が勝ると、わしは見ておる」

古藤はうなずき、重々しく告げた。

「おっしゃるとおり、剣の腕はかなりのものと存じておりますが、念のため、確かめたほうがよろしいかと。それがしに考えがございます」

「何をする」

「浪人を五名ほど雇い、刺客として行かせます。腕が確かなれば、誘いをかけまする」

「かの者を金で雇えば、万が一捕らえられた時に面倒なことになる。奴がより綱豊を恨むよう仕向け、独断で動くようにせねばならぬ。わしによい策があるが、話は、剣の腕を確かめてからじゃ」

「心得ました」

古藤は白湯を飲み干して、大貞の前から下がった。

一人で考えごとをはじめた大貞は、やがて表情を厳しくし、左近を闇に葬る策を練るのだった。

二

江戸はからっ風が吹き、深川の町は埃っぽかった。空は抜けるような青さだ。

人々は砂埃を嫌って鼻と口を隠し、若い女は髪が汚れないよう、頭に手拭いをかけて先を急いでいる。

そんな中、岡光剣馬は風で乱れた髪をなびかせ、小名木川沿いの道を走っている。

そのあとを追う曲者は三人。

剣馬は、先日酒に酔って喧嘩になり、痛めつけた者の仲間が仕返しに来たのだと思っているものの、追ってくるのは、編笠で顔を隠した浪人風だ。

食客として置いてくれている辰正親分と敵対するやくざが、目障りな用心棒を始末するために送った刺客に違いないと思いなおし、舌打ちをした。

「ならば」

世話になっている辰正のためを思い、剣馬は闘いを避けるべく、逃げに徹した。

人が少ない川沿いの道から、雑踏する町中へ逃げようとしていた目の前の路地から、二人の曲者が出てきた。

笠を飛ばした二人は、殺気に満ちた顔で抜刀し、向かってくる。

川を背に立ち止まった剣馬は、五人の曲者を前にしても臆するどころか、薄い笑みさえ浮かべている。

「おれのような男でも、命を狙う価値が残っていたか。何者だ」

えらの張った髭面の男が、酷薄そうな面持ちで答える。

「おぬしに恨みはないが、ゆえあって斬る」

言うなり気合をかけて迫り、幹竹割りに斬りかかってきた。

太刀筋を見切って右にかわした剣馬は、空振りした男の後ろ首に手刀を食らわした。

振り向こうとしていた男は飛ばされ、氷のように冷たい川に落ちた。

「おのれ！」

怒鳴った細身の曲者が、正眼から鋭い突きを繰り出す。

抜刀して刀身を弾いた剣馬は、素早く手首を転じ、その者の右肩に刃を当てた。

「くっ」

肩に血がにじむ曲者は、恐怖に見開いた目を剣馬に向けた。

引き斬れば命はない。

「ま、待て」

命乞いをしようとした曲者を脅して名乗らせるつもりだった剣馬だが、別の殺気を感じ、曲者の腹を蹴って離した。そして、左側から刀を振り上げて迫っていた相手の懐に飛び込んで一撃をかわし、足を斬り抜けた。

太腿に深手を負った曲者は倒れ、激痛に悲鳴をあげてのたうった。

無傷の二人は、剣馬の凄まじい剣に怖気づいている。

「今日のおれは機嫌が悪い。まだやるなら、次は命を取るぜ」

剣馬がそう言って見据えると、二人は仲間を見捨てて逃げた。

冷たい目で見送った剣馬は、這って逃げようとしている曲者の鼻先に刀を突きつけた。

「ひっ、い、命ばかりは……」

「髭面が、ゆえあってと申したが、どうせ金であろう。誰に雇われた」

「知りません」

答えた刹那、その男の団子鼻が転がった。剣馬が刀で斬り落としたのだ。

ぎゃああっと叫んでのたうち回る男を横目に、剣馬は肩から血を流している曲者に向いた。

小さな悲鳴と共に、腰を抜かした足をばたつかせて下がろうとする男の袴を踏みつけた剣馬は、目をひんむき、怒りを込めて刀を振り上げた。

「殺生はだめ！」

横からした甲高い声に応じた剣馬は、打ち下ろした刀を止めた。

額に当たる寸前で止まった刀身を見上げた男は、白目をむいて気を失い、仰向けに倒れた。

強い力で剣馬の袖を引いたのは、辰正の娘のお圭だ。

十八歳のお圭は、やくざの親分の娘だけあり、肝が据わっている。

肩を怒らせて剣馬を曲者どもから遠ざけたところで、お圭は手を離して振り向き、怒気を浮かべた顔で口を開く。

「また酒に酔って喧嘩をしたんでしょうけど、いくら腹が立っても、人を殺しちゃだめよ」

「いや、今日は違う。あの者どもが命を取りに来たのだ。誰に雇われたか白状させるために脅していただけで、殺すつもりはなかった」

「えっ、そうだったの。あたしったらとんだ早合点をしたわ。とりあえず危ないから、さっさと戻りましょう」

また袖を引いて歩くお圭を止めた剣馬は、先に立って川端に出た。すると、曲者の姿はどこにもなく、川に落ちていた者も逃げていた。

剣馬は捜そうとしたが、お圭が腕をつかんで止めた。

「もう帰りましょ。逃げる者を深追いしちゃならねえって、おとっつぁんが言ってたから」

辰正らしいと剣馬は思い、お圭に振り向く。

お圭は心配そうな顔をしていたが、目が合うと微笑(ほほえ)んだ。そのふっくらとした頰(ほお)が、死んだ妻に似ている。他人の空似だが、初めて会った時からそう思っていた。

妻を亡くした悲しみと寂しさに打ちひしがれ、酒に逃げていた剣馬は、己の境遇を恨み、もうどうにでもなれという気持ちで、息をしているだけの暮らしをしていた。

酒に酔って夜の盛り場をうろついては喧嘩をし、時には刀を抜いて斬り合うこともあった。

辰正に拾われたのは、酒を飲みすぎて正体をなくし、無謀にも八人組を相手に喧嘩を仕掛けて袋だたきにされ、路地の隅っこにごみのように捨てられていた時だ。

刀も奪われていた剣馬は、声をかけてきた辰正に嚙みつかんばかりに向かっていったが、いい目をしてやがる、と言われた途端に顔に一発食らい、気を失ったのだ。

目をさました時には、辰正の家だった。

町で暴れていた剣馬を知っていた子分たちは、初めはいい顔をしなかった。だが、辰正が好きなだけいてもいいと言うと態度を変え、警戒を解いたのだ。働く気力も失せ、住む家もなかった剣馬は、まるで迷い犬のように、辰正の家に居着いた。

何をするでもなかったが、子分たちに連れられて行動を共にしているうちに打ち解け、わかったことがある。

やくざ者だけに、悪事を働いて食べているものだと思い込んでいたが、辰正は違った。弱きを助け、強きをくじく人情深い親分で、二十人の子分たちも皆、気っ風がよい。

そんな者たちのおかげで、剣馬は辰正の下で生きる決心をしていた矢先の、曲者による襲撃だったのだ。

家に帰ると、お圭はさっそく辰正にことの顚末を告げた。

右腕の子分、宇佐治と長火鉢の前で茶を飲んでいた辰正は、話を聞いて表情を一変させ、腕まくりをして立ち上がった。

「なんだと！　剣馬、そいつはほんとうか！」

今では息子だとまで言って可愛がっていただけに、命を狙われたと聞いて、辰正はこめかみに青筋を浮かべている。

決して弱い者には手を上げず、強い者には死んでも負けないというのが口癖だけあり、憤りは激しい。

お圭が、血の気が多い辰正を抑えた。

「でも大丈夫、剣馬さんはあっという間に倒したから」

「あたりめぇだ。だがよう、命を取りに来たってぇのが気に入らねえ」

憤る辰正を横目に、冷静な宇佐治が穏やかに問う。

「剣馬さん、相手に心当たりはあるのかい」

剣馬は首を横に振った。

「憎い者はいますが、恨まれるようなことをした覚えはありません」

宇佐治が少し考えてから、辰正に向いた。

「親分、剣馬さんを用心棒として邪魔に思う者の仕業ではないでしょうか」

すると辰正は、腕組みをして顎を突き出した。

「北一家の野郎が、いよいよ縄張りを取りに来ると言うのか」

「昨日も、このあたりをうろついているのを見ましたから、あるいは……」

表情を厳しくする宇佐治に対し、辰正はうなずいた。

「ようし、こうなったら、小名木川を渡ろうじゃねえか」

「子分どもを集めます」

腰を上げようとする宇佐治に、辰正が言う。

「早合点するな。喧嘩をしに行くんじゃねえ。茶を飲みに行くだけだ」

今すぐ話をつけると言った時、表に出ていた子分が駆け込んできた。

「親分、北の親分が来やした」

恰幅のいい四十代の男が表から入ってきたのを見て、辰正は低い声で笑った。

「おう、北の、今おめえさんの話をしていたところだ」

人相が悪い子分を二人連れている北の親分こと北蔵は、小名木川を挟んだ向こう岸を縄張りにするやくざだ。

主に普請場に日雇い人足を手配するのを生業にしている辰正とは対照的に、北蔵は賭場をはじめ、舟で客を取るのを生業にしている女たちから、用心棒代だと言って銭をむしり取るあこぎな商売をしている。

辰正が、欲にまみれた汚ねえ野郎だと軽蔑する北蔵は、お圭の身体を舐め回すように見ながら足を運び、勝手に上がり框に腰かけ、ふてぶてしく言う。

「辰正さんよう、うちの若えもんが見たと言って帰えってきたんだが、そこのお侍え殿が派手に暴れてくれたせいで、女どもが客を取る舟が盗まれちまった。どうしてくれるんだい」

剣馬は思い出していた。一人目の刺客を川に落とした時、確かに三艘の舟が船着場に繋がれていた。北蔵の話では、曲者どもは、そのうちの一艘を盗んで逃げたのだという。

辰正は穏やかに迎えた。

「北蔵親分、話をしようじゃないか。そんな怖い顔をせずに、まあ上がってくれ。ささ、どうぞ」

北蔵は警戒する表情を見せつつも、草履を脱いだ。

座敷で向き合って座った辰正が、子分に酒を持ってくるよう命じると、北蔵は断った。

「おれはおめえさんと酒を飲みに来たんじゃねえんだ。舟のことをどうしてくれる。うちの女どもが、客を取れねえと言って泣いてやがるんだぜ」

「ちっ、あんな筋張った痩せぎす女を買う物好きがいるもんかい」

廊下で控えていた若い子分が小声で吐き捨てたのが、北蔵の耳に届いた。

「なんだとてめぇ、うちの商売にけちつけようってのか」

鋭い目を向ける北蔵に、子分が受けて立たんとばかりに勇(いさ)んで腕まくりをしたが、辰正が投げた湯呑(ゆの)み茶碗が額に当たったものだからたまらない。むぅんと白目をむき、仰向けにひっくり返った。

額から血が流れるのを見た北蔵が、黙って鬼の形相で子分を見ている辰正の気迫にごくりと喉(のど)を鳴らす。

「辰正の、そこまでやらなくても……」

「おなごは、好(この)き好んで舟饅頭(ふなまんじゅう)なんざやってるんじゃあねえんだ。他に働き口がなく、生きるためにやっている。そうだよな」

稼いだ銭を搾取(さくしゅ)している立場の北蔵は、ばつが悪そうな顔をするも、そうだぜと言ってうなずいた。

辰正が続ける。

「そんなおなごを馬鹿にしやがる野郎は、許さねえ。舟は夕方までになんとか手に入れて船着場に届けるからよ、今日のところは、これで勘弁してくれねえか」

小判二十五両を包んだ物をひとつ差し出すと、北蔵は押し返した。

「おれはそんなつもりで来たんじゃねえ。舟さえ戻れば、それでいいんだ。あとな、もうひとつだけ言っておくが、おめぇさんの縄張りをかすめ取ろうなんざ、これっぽっちも考えちゃいねえからよ、お侍え殿を襲わせたのがおれだと思わねえでくれよ」

小指の先を親指で弾いてみせながら言う北蔵に、辰正はようやく表情を和らげた。

「一度は疑ったが、北蔵親分がそう言うなら信じよう」

辰正は、折よく子分が持ってきた杯を差し出した。

「一杯だけでも、やってくれ」

「そうかい、それじゃ」

酌を受けた北蔵がいい飲みっぷりで杯を干すと、返杯をしながら剣馬を見て言う。

「おめぇさんを襲ったのは浪人風だと聞いたが、誰かに恨みを買っていなさるのかい？」

「その覚えはない」

剣馬は首を横に振った。

「そうかい。でもまあ、こっちはなんとも思ってなくても、向こうが勝手に恨むってこともあるからよう」

「悪辣(あくらつ)なおぬしと一緒にされては不愉快だ」

剣馬が言うと、北蔵は声を高くして笑った。

「おっしゃるとおりだ」

辰正に酌をした北蔵は、立ち上がった。

草履をつっかけると振り向き、剣馬を見据えながら口を開く。

「お侍ってぇのは、おれたちやくざもんとは違って、一度の失敗があとあとまで響くというじゃねえか。まあ、せいぜい気をつけることだ。次は、迷惑をかけねぇようにしてくれよ」

薄笑いを浮かべながら皮肉を口にする北蔵に、剣馬は鋭い目をした。

「おっと、くわばらくわばら。それじゃ辰正の、約束どおり、舟を頼むぜ」

北蔵はそう言うと、また剣馬をちらりと見て離れ、足早に出ていった。

塩壺(しおつぼ)を持ってきたお圭がひとつかみして、戸口から通りにまいた。

「いやな人！　剣馬さんはあんたなんかと違って、恨まれるようなことはしてませんよ！」

お圭の剣幕に、通りを行き交(ゆか)う者たちが振り向いている。

外で待っていた北蔵の子分たちが、

怒鳴って戻ろうとしたが、北蔵が止め、笑いながら帰っていった。

辰正が、心配そうな顔をして剣馬に訊く。

「北蔵の仕業じゃねえとなると、いったい誰がやらせやがったんだろうか」

剣馬は神妙に答える。

「酒に酔い喧嘩をした相手の中におるとは思えませぬ」

「となると……」

何か言いかけた辰正が、渋い顔をした。

「なんです」

問う剣馬に、辰正はためらいがちに告げる。

「耳に痛いだろうが、おめえのためだから言うぜ」

「はい」

「前の殿様は、悪事を働いて甲州様に成敗されたんだからよう、今でも恨んでる者がいるんじゃねえのか。家来だったおめえをどこかで見かけて……」

「おとっつぁん、何言ってるのよ」

お圭が不機嫌に割って入った。

「剣馬さんはお咎めがなかったんだから、恨まれるようなことは何ひとつしていないのよ。なのにどうして命を狙われるって言うのよ」

辰正は顔をしかめた。

「おめえはまたすぐそうやって、きりきりしやがる。おれはたとえばの話をしてるだけだろうが」

剣馬がすかさず口を挟む。

「亡き殿を恨む者がいるのは確かでしょうから、親分がおっしゃるとおりかもしれません」

辰正は心配そうな顔をした。

「思い当たる者がいるんだな」

剣馬はうなずいた。

「殿が身代を奪った京橋の両替商、足立屋のあるじではないかと」

辰正は首をひねる。

「一文無しになった者が、浪人を雇えるか」

剣馬が答えようとした時、表から二人の侍が入ってきた。

陣笠を被り、黒羽織の下に漆黒の胴具を光らせ、黒の野袴を穿いた強面の侍が剣馬に馬の鞭を向け、声音厳しく告げる。

「岡光剣馬であるな」

剣馬は警戒の目を向けて答える。

「いかにも。貴殿たちは何者か」

「我らは徳川綱豊侯の家来だ。そう申せば、来たわけがわかろう」

名を聞くなり、死にゆく妻の顔が目に浮かんだ剣馬は、二人を睨んだ。

「まったくわかりませぬが、なんの言いがかりか」

「言いがかりとは無礼千万。西ノ丸入りが決まった我が殿を逆恨みし、命を狙わんとした不届き者がおる。その者は逃げたが、殿が成敗された桐山摂津守に仕えていた者と明らかになったゆえ、ことごとく捕らえよとの命によりまいった。神妙に縛につけ」

左近への恨みの炎が再燃した剣馬だったが、抗えば辰正たちに迷惑がかかる。

「あいわかり申した」

おとなしく従おうとした剣馬だったが、お圭があいだに割って入った。

「剣馬さんは、わたしたちとずっと一緒にいましたから、甲州様のお命を狙ってなんかいません」

「黙れ！」

怒鳴られても引かぬお圭を、侍は馬の鞭で打った。

「きゃっ」

肩を打たれたお圭が倒れるのを受け止めた剣馬が、背中に守って侍と対峙した。

「何しやがる！」

激昂したのは辰正だ。

「うちの剣馬はお咎めなしだったはずだ。今さらなんだと言いやがるんだ」

「申したであろう！　殿のお命を狙う不届き者がおるゆえ、この者を厳しく詮議せよとの命なのだ。邪魔立てすると、ためにならぬぞ」

娘のお圭を打たれて頭に血がのぼっている辰正は、一歩も引かない。

「やれるもんなら、やってみやがれ」

目をかっと見開いて凄む辰正の気迫は、並の者なら怯む。

だが、侍はほくそ笑むなり抜刀し、一閃した。

「うおっ」

太腿に深手を負わされた辰正は倒れ、三和土に血が流れた。

「親分！」

宇佐治が悲痛に叫び、

「野郎！」

侍に怒りをぶつけて、子分たちと歯向かった。

侍たちは刀を振るったが、喧嘩慣れしている宇佐治は恐れるどころか突進した。

胸を押され、表の板戸を突き破って通りに転げ出た侍たちは、大勢の子分たちを相手に身の危険を感じたらしく、油断なく下がると、きびすを返して走り去った。

剣馬は、傷の痛みに苦しむ辰正の血止めにかかり、急いで医者を呼ぶよう、子分に向かって声を張り上げた。

お圭は、苦しむ辰正の姿を見たのは初めてだったのだろう、真っ青な顔をして呆然(ぼうぜん)としていたが、我に返り、懸命に血止めする剣馬を手伝った。

駆けつけた医者が剣馬にかわって手当てをしてくれたおかげで、辰正の命が助かり、夜遅くになってようやく落ち着いた。

三

一晩寝ずに看病しながら考えていた剣馬は、外が明るくなりはじめる前に姿を消すべく、したためていた文を辰正の枕元に置いて頭を下げた。

傷の痛みに苦しんでいた辰正は、今は眠っている。

お圭も疲れ果て、辰正の手をにぎったままそばで横になり、寝息を立てている。

辰正の羽織をお圭にかけた剣馬は、部屋へ戻ろうと立ち上がった。

「おめえ、出ていくつもりだな」

だみ声に振り向くと、眠っていたはずの辰正と目が合った。心配そうな眼差しをしている。

お圭を起こさぬよう、剣馬は小声で告げた。

「今日にもまた、侍どもが来ましょう。迷惑になりますから出ていきます」

「止めはせんが、行くあてはあるのか」

辰正の声に目をさましたお圭が、起き上がって剣馬を見てきた。

「いつの間にか眠ってしまったわ」

笑顔で言うお圭に、剣馬は微笑む。

辰正が言う。

「お圭、剣馬が出ていくそうだぜ」

お圭は驚いて立ち上がった。

「どこへ行くんです」

「まだ決めていないが、ここにいたのでは迷惑がかかってしまう」

世話になったと頭を下げる剣馬の腕を、お圭がつかんだ。

止めるお圭に、辰正が言う。

「剣馬の言うとおりだ。ここにいたんじゃ、甲州様に捕まっちまう」

「おとっつぁん、追い出すの」

「まあ落ち着いて聞け。剣馬、おれはこういう稼業だからよ、隠れ家のひとつくれえ持ってるんだぜ。今から言う場所に行って隠れてろ。世話好きの爺と婆がいるからよ、不自由はしねえぜ」

「剣馬さんそうして、お願いだから」

「気持ちは嬉しいのですが、相手は綱豊だ。すぐに見つかるでしょう」

「おめえ、おれを誰だと思ってやがる。この辰正が、ただ隠れて暮らさせると思うな」

「何か手立てがあるのですか」

「甲州様は見損なったが、根っこは鬼ではないはずだ。甲州様のご親友の岩城先生を知ってるからよ、歩けるようになったら会いに行って、なんとかお願いしてみる。なあにしんぺえすんな。岩城先生ならきっと、話をつけてくださるはずだ」

甘えるべきか、迷うあまり返事が遅れた剣馬に、辰正は厳しい目をして告げる。

「その顔は、危ねえな。おめえまさか、甲州様を襲う気じゃあるめえな」

己の考えを言い当てられた剣馬は、辰正の目力が辛くて顔を背けた。

「馬鹿野郎！」

家中に響く怒鳴り声のせいで、子分たちが慌てふためいた様子で駆けつけた。

「親分、何ごとですか」

訊く宇佐治に、辰正はなんでもないと言って皆を下がらせ、剣馬に諭すように言う。

「おめえがいくら剣の達人でも、相手が悪すぎる。可愛い息子と思っているおめえがこんなことで死んじまったら、おれは、この右足を切り落としても足りねえ」

「親分、何を言うのです。親分は悪くない」

「あんな連中に怪我をさせられたおれが悪いんだ。だからよ剣馬、決して、甲州様を恨まないでくれ。な、頼むから、言うことを聞いてくれ」

起きて頭を下げようとする辰正を止めた剣馬は、下がって両手をついた。

「わかりました。親分のご厚情に甘えさせていただきます」

安堵の笑みを浮かべた辰正は、お圭に筆と紙を用意させ、隠れ家の場所を書いた。

道のりを記した紙を渡したお圭が、剣馬の手をつかんで言う。

「わたしは、連中に知られるといけないので隠れ家には行けない。必ず、おとっつぁんの言うとおりにしてちょうだい。きっと、吉報を届けるから」

剣馬は真顔でうなずいた。

辰正が言う。

「その箪笥に刀を隠している。好きなのを選んで持っていけ」

お圭が気を利かせて、黒漆塗りの鞘に納められたのをふた振りほど取り出した。

「遠慮なく」

剣馬は、軽いほうを選んで辰正に頭を下げ、臥所から出た。

刀と編笠だけを持って裏から出ると、見送るお圭にも頭を下げ、夜明けが近い町中を走り去った。

大川沿いの道を北に走って目指すのは、千住だ。

着いた頃には、夜が明けていた。

奥州街道と水戸街道に繋がる千住の宿場は、朝早くから大勢の旅人でにぎわい、荷物を載せた牛や馬もたくさん行き交っている。

騎馬の侍が目の前を横切るのを見つめた剣馬は、あるじの桐山摂津守の供で高田馬場に行き、許しを得て思い切り馬を馳せていた頃を思い出した。

旗本の家来だった己が、今はやくざの世話になり、人目を避けて隠れようとしている。

足を止め、小川の水面に映る落ちぶれた姿を見つめた剣馬は、綱豊を憎んで唇を噛んだ。

畑の中にある大きな掃部堤のほとりを歩いた剣馬は、ぽつんとある茅葺き屋根の農家に目をとめ、小道を進んだ。

道のりを記した紙によると、どうやらこの小さな農家が隠れ家のようだ。

屋根の上から、青白い煙がのぼっている。

表に立ってみると、農家にしては頑丈そうな板戸だ。

剣馬は、その板戸をたたいた。

「もし」

声をかけると、中から女の声がした。

「どちら様で」

優しそうな声に対し、剣馬は辰正親分の紹介で来たと告げた。

すぐに開けられた戸口に顔を出したのは、声にたがわぬ優しげな面立ちの女だ。五十代の夫婦と聞いているが、十は若そうに見えた。

「八重殿か」

「はい」

剣馬は、辰正からの文を差し出した。

受け取って招き入れる八重に続いて足を踏み入れ、裏に続いているであろう土間を奥に行くと、禿頭の男が板の間で草鞋を編んでいた。

八重から受け取った辰正の手紙を読んだ男は、剣馬をしげしげと見つめていたが、頭を下げ、囲炉裏端に敷かれている茣蓙に座るよう手で誘った。

刀を鞘ごと帯から抜いた剣馬は、茣蓙に正座し、改めて告げる。

「今日から世話になります」

八重は明るく応じて茶を淹れてくれた。

寡黙な亭主の富吉は、渋い顔でうなずき、囲炉裏の炭火で炙っていた串刺しの魚を取り、剣馬に差し出す。

山女魚（やまめ）の塩焼きだ。

腹が空いていた剣馬はありがたくいただき、藁（わら）を引き寄せると、草鞋を編む手伝いをした。

富吉は驚いた顔をしたが、まだ口をきこうとせず、手を動かしはじめた。

何も訊こうとせず、ただ受け入れてくれる夫婦の態度がありがたく、剣馬は気持ちが落ち着くのだった。

おそらくここに来るのは、なんらかの問題を抱えている者たちばかりなのだろう。辰正に忠実な夫婦は、ただ黙って受け入れ、面倒を見ているに違いなかった。


翌朝、剣馬は富吉を手伝い、畑を耕（たがや）していた。

この時季に植える物はないが、土の虫を殺すために掘り返し、冬の寒さでやっつけるのだという。

やっつける、と言った時にわずかに微笑んだ富吉の顔が、畑作りに生き甲斐（がい）を感じているように思えた。

畑仕事が初めての剣馬に、鍬（くわ）の使い方を一から教えてくれた。

言われたとおり、腰を入れて鍬を打ち下ろすのを見て、富吉は感心したようにつぶやいた。

「剣で鍛えなすったただけのことはある。鍬の柄が折れちまいそうだ」

「つい、力が入りました」

次からは手加減をして鍬を振るい、畑を一枚耕し終えた頃、剣馬を呼ぶ声が遠くから聞こえた。見れば、池のほとりを宇佐治が走っている。

冷静な宇佐治の慌てた様子に、富吉は渋い顔をした。

「何かあったようだな」

低い声でそう言われて、剣馬はいやな予感がした。

鍬を置いて迎えに行くと、宇佐治は悔しそうに告げた。

「親分が、甲州様の手の者にやられちまった」

剣馬は愕然とした。

「殺されたのですか！」

宇佐治は首を横に振る。

「まだ息はあるが、医者が言うには危ないらしい。親分からの言伝だ。今すぐ、ここから逃げてくれ」

「逃げはしない。親分に会いに行く」

「だめだ。親分は逃げてくれと言ってるんだ」

「帰る！」

叫んだ剣馬は急いで家に帰り、刀をつかんで走った。

追いついた宇佐治が、舟が早いと言うので、剣馬は千住の船宿へ行き、猪牙舟を雇った。

船頭を急がせる宇佐治に、剣馬が問う。

「いったい何がどうなったのです」

腰を下ろした宇佐治が、舌打ちをして言う。

「昨日の奴らが人を増やして、今朝早くお前さんを捕らえに来やがったんだ。いないとわかると、どこに隠したか白状しろと迫りやがったんで、親分が旅へ出たと答えたんだ。ところが野郎ども、ちっとも信じやしねえ。それでも親分がとぼけると、いきなり刀を抜いてお嬢さんに突きつけ、脅しやがったんだ」

「まさか、親分はそれでも言わなかったのですか」

「それが親分というお人だ。お嬢さんだって、肝が据わっていなさる。そしたら侍の一人が、一歩でも動けばお嬢さんを殺すと脅して、親分を何度も峰打ちしやがった」

そこまでしゃべった宇佐治が、耐えかねたように歯を食いしばり、悔し涙を流した。

大川をくだる船足がやけに遅く感じるほど、剣馬は心配でたまらなかった。

船着場に滑り込む舟から飛び下り、町中を急いだ。

宇佐治と戻った剣馬に、子分たちが白い目を向けてきた。それでも場を空け、剣馬は子分たちのあいだを通って座敷に上がり、奥の臥所に入った。

辰正は人相が崩れるほど顔が腫れ、瀕死の状態だ。

横に寝かされているお圭は、侍どもに食ってかかったせいで首の後ろを打たれ、気を失っていた。

そばについていた医者が、剣馬に渋い顔で告げる。

「お嬢さんは大丈夫だが、親分は、今夜が峠だ」

医者の声に応じるように、お圭が小さな声で呻き、眉間に皺を寄せた。

「お嬢さん、わかりますか」

剣馬の声で瞼を開けたお圭が、優しい笑みを浮かべた。

「おとっつぁんとわたしは大丈夫だから、逃げて」

そう言うと、また目を閉じてしまった。

慌てる剣馬の前で、医者がお圭の脈を診た。

「気を失っただけだ。心配はいらん」

こんな目に遭わされても自分を案じてくれる優しいお圭を見つめた剣馬は、静かに立ち上がり、廊下に出た。

「どこに行く」

問う宇佐治に、剣馬は怒りを隠さず告げる。

「綱豊を斬る」

宇佐治は驚いて止めようとしたが、剣馬は聞かず表に行き、草履をつっかけた。

子分たちは、剣馬を追って出ようとする宇佐治の前を塞ぎ、もう関わるなと言った。

剣馬はそれを尻目に、戸口から外へ出て走った。

桜田の屋敷に斬り込むべく向かっていると、店の軒先から現れた一人の男が立ちはだかった。

油断なく立ち止まった剣馬は、刀の鯉口を切る。すると男は手のひらを向け、表情厳しく告げる。

「待たれよ、わたしは敵ではない」

「何者だ」

「菅武臣、桐山家の領地にて、代官所で仕えていた者です」

江戸の本宅で仕えていた剣馬が知る由もなく、名を聞くのも初めてだった。

「その御仁が、何か用ですか」

「そこもとのことは、前から存じ上げており申した。殿の仇を討つつもりならば、手伝わせてくだされ」

剣馬は油断せぬ。

「素性は口でなんとでも言える。見知らぬ者とは組まぬ」

横にそれて行こうとするも、菅はふたたび立ちはだかった。

「それがしは、憎き綱豊の居場所を存じております。信用していただきたい」

剣馬は睨んだ。

「桜田の屋敷ではないと申すか」

「いかにも。奴は新見左近と名を偽り、町中をうろついておるのです。殿の悪事を暴いたのも、新見左近として嗅ぎ回っておったからこそ、できたのです。町へ出る時は決まって、家来が町人になりすまして営む煮売り屋で酒を飲みながら、妾が店を閉めるのを待っております」

剣馬は菅の目を見た。

「その話、偽りではあるまいな」

菅はじっと見返す。

「ご自分の目で確かめられよ」

案内すると言われて、剣馬は応じ、菅の後ろに続いて歩いた。

途中で駕籠を雇い、半刻（約一時間）かけて向かった先は、三島町だ。

駕籠から降りた剣馬に、菅が告げる。

「通りを挟んだ先に、女の行列ができている店がわかりますか」

多くの人が行き交う通りの離れた場所に目をやると、確かに女が並んでいた。

「五人並んでいるところか」

「はい。三島屋という小間物屋で、女将は、綱豊が寵愛する妾です。名はお琴、綱豊の唯一の弱味だと言えるでしょう」

剣馬は店から目をそらして言う。

「女など、どうでもよい」

「綱豊のせいで奥方を亡くされたというのに、お優しいですな」

「黙れ」

「それがしならば、人質に取りますぞ」

「下劣な真似はせぬ。狙うは綱豊の首のみだ」

「はは、まあよいでしょう。三島屋の左隣にあるのが、綱豊の家来が営む煮売り屋です。こ奴らは手強い甲州忍者ですから、ご用心を」

剣馬は目つき鋭く菅を見た。

「よう知っておるが、一人でそこまで調べたのか」

菅は真顔でうなずく。

「五年もかかりました。どうか、お疑いなきよう」

「煮売り屋は閉まっているが、綱豊はいつ来るのだ」

「そう頻繁ではないようですが、西ノ丸に入る日が近いはずですから、その前に来るかと」

「では、どこか見張れる場所はないか」

「その役目はおまかせください。近くに宿を取ってございますから、そこでお待ちを。綱豊が来れば、すぐにお知らせします。まずは、宿へ」

低姿勢の菅に対する警戒を解いた剣馬は、従って宿に向かった。

四

「殿、まことに出かけられるのですか」

心配そうに言う又兵衛こと篠田山城守政頼に対し、左近は微笑んだ。

「案ずるな。西ノ丸に入る日までには戻る」

「あと四日ですぞ。くれぐれもお忘れなきように」

左近はうなずき、宝刀安綱を帯に落として出かけた。

広い通りに出ると、西日が眩しく、橙色と青色が淡く混ざり合う空が、今日はやけに美しく見えた。

あと四半刻（約三十分）もすれば日が暮れる。

その前にお琴の店に着くために、左近は足を速めた。

愛宕権現社の麓で、左近はふと足を止めた。少し入ったところにある壁のように急な石段を見上げている、馬を連れた一人の若者がいたからだ。

馬術の腕を磨くため、馬に乗って壁のような石段を上り下りする者がいると聞いたことがあったが、実際に挑もうとする者を、左近は初めて見た。

だが、若者はあまりの急さに怖気づいたらしく、馬を引いて戻ってきた。

左近が見ているのに気づいた若者は、礼儀正しく頭を下げて愛宕下の通りに出ると、鞍に跨がって気を吐き、馬を馳せて去っていった。

馬術に覚えがある左近でさえ、この石段を馬に乗って上り下りするのは難しいだろう。

勇ましい若者だと思った左近は、夕暮れの道を去る後ろ姿を見つつ、足を進めた。

小五郎の煮売り屋に立ち寄ると、早くも酔っていた権八が左近を見るなり、土間に両膝をついて背筋を伸ばした。

真顔の権八に、左近は心配して声をかけた。

「何かあったのか」

「おめでとうございます」

両手をついて平伏する権八に驚いた左近は、そばに立っているかえでを見た。

かえでは薄い笑みを浮かべて言う。

「殿が次期将軍に決まったのを、今日知ったそうです」

「権八、水臭いことをいたすな。頭を上げてくれ」

「へい！」

ぱっと明るい顔を上げた権八が立ち上がり、にこりと笑う。

「左近の旦那、水臭いのは旦那のほうですよ。川崎宿にしばらく泊まって仕事を終えて帰ってみれば、旦那が次期将軍に決まったというじゃござんせんか。前からおわかりになっていたのでしょう。教えてほしかったなあ」

半分笑い、半分は怒っている権八のなんとも言えぬ表情と態度を見て、左近はなだめながら長床几に腰かけさせた。

「おれも寝耳に水だったのだ。江戸市中では、もう広まっておるのか」

「そりゃ当然でございましょう。大評判ですよ。左近の旦那が将軍様になれば暮らしやすくなると、みんな思ってやすからね」

左近は、身が引き締まる思いで権八にうなずいた。

客が来たので口を閉ざす権八を、左近はお琴の店に誘った。

裏から入ると、縁側に腰かけて空を見ていたみさえに、権八が告げる。

「みさえちゃん、左近の旦那が来なすったぜ」

みさえが笑顔で頭を下げ、お琴を呼びに中へ入った。

みさえが座っていたところには、簪の絵を描いた紙が置かれている。暇を見つけて、考えていたのだろう。

戻ってきたみさえに、左近は微笑んだ。

「絵が上手だな。柄もよい」

照れ笑いを浮かべたみさえは、日が暮れた空を指差して言う。

「あのきれいなお星様の模様をどうすれば簪にできるか、考えていました」

「ほぉう」

空を見上げた左近は、絵と見くらべて目を細めた。丸簪の飾りの部分に矢印を引き、濃い紺に銀箔を散りばめる、と書き込んでいたからだ。

「いつもこうして、柄を考えているのか」

「はい」

「楽しいか」

「とっても」

にっこりとしたみさえの無垢な笑顔に、左近はこころが穏やかになるのだった。

「旦那、やりましょう」

先に上がり、台所から酒器を持ってきた権八の誘いを受け、左近は居間に上がった。

みさえを見ると、縁側に腰かけ、また星空を眺めては、紙に小筆を走らせている。

「あの子は、いい職人になりますよ」

太鼓判を押す権八に、左近はうなずいた。

「ささ、どうぞ」

酌を受けた左近は、杯を口に運んだ。久しぶりに飲む酒の味は格別だった。

食事の支度をすませたお琴とおよねが、料理を運んできた。

「今夜は、鯛の塩焼きですよ。なんてったって、左近様のお祝いですからね」

立派な尾頭付きの大鯛を見て、左近は驚いた。

「来るのがわかっていたのか」

するとお琴とおよねが、顔を見合わせてくすりと笑った。

お琴が言う。

「かえでさんが教えてくださったのです」

朝から又兵衛と話していたのを、屋敷に戻っていたかえでは聞いていたのだろう。

「そういうことか」

およねがすすめる。

「お祝いにぴったりの、いい魚っぷりのが手に入りましたから、どうぞ、箸をおつけください」

「では、いただこう」

手を合わせた左近は、身をほぐして口に運んだ。塩味も程よい。

「旨い。皆も食べてくれ」

お琴がみさえを呼び、にぎやかな食事をした左近は、今日だけは、西ノ丸に入ったあとのことを忘れることにした。

又兵衛曰く、正式に次期将軍の座を得て西ノ丸に入れば、以前のように軽々しく市中へ出ることはまかりならぬらしいのだが、こうして皆と過ごす時を捨てる気など、左近には毛頭ない。

そう思っていると、およねが心配そうな顔を向けてきた。

「左近様、お世継ぎとして西ノ丸に入られるのはとっても嬉しいんですけど、前に入られた時と同じように、出てこられるのですか」

左近が答えるより先に権八が尖った声をあげた。

「おい、今それを言うな。せっかくの鯛がまずくなる」

「なんだい、お前さんは心配じゃないのかい」

不服をぶつけるおよねに、権八はきっぱりと答える。

「しんぺえすんな、左近の旦那だぜ。出てこられるに決まってらあな、ねえ旦那」

「権八の言うとおりだ。何も変わらぬ」

「ああよかった。これで安心してお祝いできます。ねえおかみさん」

およねの言葉に、お琴は微笑んでうなずいた。

皆を家族と思い大切にしている左近は、笑って言う。

「いらぬ心配をさせてしまったようだな」

「いいんですよう」

安心して食事に戻ったおよねの明るい話や、酔った権八の世間話を聞きながら、楽しい時を過ごした。

夜を怖がらなくなったみさえとは別の部屋で、お琴と眠っていた左近は、気配を察して目をさまし、身を起こした。そのまま廊下に出てみると、確かにあったはずの気配はなく、板塀を隔てた路地から、刀がかち合う音がする。

安綱を手に裏木戸から出ると、小五郎が歩み寄ってきた。

「曲者がおりましたが、取り逃がしてしまいました」

頭を下げる小五郎は腕を押さえている。

「怪我をしたのか」

「かすり傷です」

曲者が忍び込もうとしたところを、警固していた小五郎が見つけたのだ。

「今、手の者が追っております」

「うむ、怪我の手当てをいたそう。まいれ」

連れて戻ると、縁側に出ていたお琴が左近の部屋に誘い、行灯に火を入れた。

「みさえのそばにいてやってくれ」

左近が言うと、お琴は心配そうに応じてみさえの部屋に行った。

小五郎の右腕の傷は幸い浅手だったが、鋭い太刀筋により、着物のあちこちが斬られている。

「かなりの遣い手か」

左近の問いに、小五郎は神妙な顔でうなずいた。

「まだ若い男ですが、恐ろしい剣を遣います」

手当てを終えた頃、かえでが来た。曲者を追っていた手の者が戻ったが、見失ったという。

もうすぐ西ノ丸に入らなければならぬ左近にとって、刺客と思しき者の出現は気がかりだ。

左近は、小五郎とかえでに告げる。

「このまま西ノ丸に入ってしまえば、曲者がおれをおびき出すために、お琴を狙うかもしれぬ。警固を厳重に頼む」

「承知しました」

かえでが応じ、小五郎が言う。

「藩邸へお戻りになられますか」

「朝を待つ」

下がった小五郎とかえでは障子を閉め、配下の甲州者らと共に警固をはじめた。

そこへお琴が部屋に入ってきた。ひどく心配そうな顔をしている。

「小五郎さんが怪我をされるほどの相手ですか」

左近は手をにぎり、抱き寄せた。

「どうやら、おれが西ノ丸に入るのをよく思わぬ者がおるようだ」

命を狙う者を暴くまで、そばにいてくれと言いたい気持ちをぐっとこらえた。

以前、綱吉の求めに応じて西ノ丸に入った時の、お琴の無理をする姿を見ているだけに、辛い思いをさせたくないのだ。

「小五郎たちがおるゆえ心配はないが、商いをする時は、くれぐれも気をつけてくれ。特にみさえを、一人で外には出さぬように」

お琴は真顔でうなずいた。

「くれぐれも、お気をつけください」

手に力を込め、心配そうな顔をするお琴に、左近は微笑む。

「案ずるな。またいつでも会える」

左近はそう言うと、お琴を眠らせた。

五

逃げおおせた剣馬は、宿の離れに戻り、水をがぶ飲みした。

冷え込んでいるが、全身に汗をかいており、手拭いで額と首を拭っていると、障子の外に気配がしたので刀をつかんだ。

「わたしです」

入ってきたのは、菅武臣だ。渋い顔をして口を開く。

「しくじりましたね」

剣馬は舌打ちをした。

「あと一歩のところで、思いがけず邪魔が入った。甲州忍者どもが湧き出るように現れおった」

「綱豊を陰ながら守っておる者たちは、やはり手強いですな。次は、妾を人質に取るべきかと」

「くどい。正々堂々と、この刀で斬る。言うておくが、女には手を出すな」

鋭い眼差しを向けると、菅は不機嫌そうに告げる。

「では、引き続き綱豊の動きを探るといたしましょう。次は、必ず息の根を止めてくだされ。さもなくば、我らの方法でやりますぞ」

「わかっておる」

剣馬は水を飲み、刃を交わした甲州忍者のことを思い返していた。

「あの甲州者たちが、殿の動きを密かに探り、悪事を暴いたに違いない」

「いかにも。こざかしい連中です。綱豊が将軍になれば、甲州者は晴れて公儀の隠密となり、日ノ本中に散って目を光らせるでしょうな。あこぎな商人を潰しただけの殿が命を取られたのを見ても、綱豊は武家を軽んじている。綱豊が将軍になれば、つまらぬことで咎められ、お取り潰しになる家が増えるでしょう。辰正とて、とんだ目に遭わされたものです」

「案ずるな。綱豊は、わたしが必ず斬る」

城の方角を睨んでそう言う剣馬を、ほくそ笑みながら見ている菅は、庭に目を向けた。すると、闇に潜んでいた者が応じて下がり、左近の動きを探りにゆく。しがない元家来の顔に戻った菅は、左近を斬ると勇み立つ剣馬に、穏やかな笑みを作ってみせた。

六

夜が明けるのを待って桜田の藩邸に戻った左近は、又兵衛に将軍拝謁の手配を命じた。

「ただちに、と言いたいところですが、殿、拝謁を願われるわけをお教えくだされ。お顔色が優れぬようですが、何かありましたな」

目を伏せて答えを待つ又兵衛に、左近は向き合って告げた。

「夜中に、余の命を狙う者がお琴の店に現れたゆえ、西ノ丸入りの日延べを願うつもりだ」

「なんと！」

仰天した又兵衛は、膝行して身体を見てきた。

「お怪我はありませぬか」

「見てのとおりだ。小五郎たちが未然に防いでくれた」

「では何ゆえ、日延べを願われます」

「西ノ丸に入る前に、禍根を断っておきたいからだ」

「どうやって……」

「今日中に拝謁したい。急いでくれ」

詳しく教えぬ左近に、又兵衛は表情を曇らせたものの、従って動いた。

登城の許しを得た左近が本丸御殿に上がったのは、昼を過ぎてからだ。

茶坊主に案内されたのは、いつもの中奥御殿の座敷ではなく、先日、嗣子として西ノ丸に入るよう命じられた黒書院だった。

すでに綱吉は上段の間に座しており、下段の間の上座には、柳沢吉保がいる。

裃で身なりを整えた左近は、下段の間に足を踏み入れて下座に正座し、平伏した。

「突然の願いをお許しいただき、ありがたく存じまする」

「構わぬ。近う寄れ」

「はは」

うやうやしく足を進めた左近は、綱吉に示されるまま、上段の間の手前で正座し、向き合った。

綱吉がさっそく口を開く。

「又兵衛から話を聞いた。刺客が来たそうじゃが、西ノ丸に入るのを日延べして何をするつもりじゃ」

「禍根を断ちまする」

綱吉は表情を厳しくした。

「吉保は、紀州が怪しいと申すが、そなたもそう思うておるのか」

「露ほども」

綱吉はうなずき、柳沢を見た。

すると柳沢が、渋い顔で告げる。

「綱豊様の西ノ丸入りが決まったことで夢砕けた者が、大勝負に出た恐れがございます。ここは日延べをするよりも、ただちに西ノ丸へ入られるのが得策でありましょう」

「しかしそれでは、なんの解決にもならぬ」

左近の主張を聞いた綱吉が、二人を取りなすように考えを口にする。

「綱教は、鶴姫を亡くして生きる気力を失うほど、今も悲しんでおると聞く。吉保は、将軍への夢が断たれたせいであろうと申すが、余は、そうは思わぬ。あれはまことに、鶴姫を大事にしてくれておったのだ」

綱吉の言うとおりだと、左近は思った。鶴姫が病に倒れた時の、綱教の意気消沈した姿を本丸御殿で見ていたからだ。

綱吉が、低い声で続ける。

「家臣団は、力が抜けてしもうた綱教を奮い立たせるには、将軍への道しかないと、望みをかけていたであろう。余のこたびの決断は、家臣団の望みを打ち砕いた。綱教のために、そなたを暗殺せんとする者が現れても不思議ではない。それは、わかっていたことじゃ」

「では何ゆえ、わたしを選ばれたのですか」

左近の問いに、綱吉は不機嫌に答える。

「余の跡を継ぐ者は、大猷院（三代将軍家光）様の直系でなくてはならぬ。尾張の吉通がおるが、まだ若すぎるゆえ、そなたに決めたのじゃ」

左近は、真顔で問うた。

「そのご決断を、尾張が不服に思うてはおりませぬか」

綱吉は、わずかに笑みを浮かべた。

「それは、そのほうがよう存じておろう。尾張は、そのほうと同じく、決して将軍の座を望まぬ家柄じゃ。何があろうと、東照大権現（家康）様からいただいた所領を守ることを第一とする家訓を、実直に守っておるゆえな」

確かに、綱吉の言うとおりだと思う左近は、やはり紀州かと胸を痛めた。

その左近の心中を察したように、綱吉が問う。

「西ノ丸入りを日延べして、紀州と争う気か」

「そのようなつもりは毛頭ございませぬが、このまま西ノ丸に入ったとしても、相手があきらめぬ限り、刺客を送り込まれて命を狙われるでしょう」

「何をする気じゃ」

「谷中の屋敷に、隠れまする」

綱吉は目を見開き、顔をしかめた。

「またぼろ屋敷に入り、世継ぎになる意思がないことを世に知らしめ、暗殺を回避する腹か。いや待て、そのほうまさか、世継ぎを本気で拒むつもりか」

先回りして憂える綱吉の目を、左近はじっと見て告げる。

「尾張徳川家が家訓を第一とするならば、上様の跡を継ぐ者はわたししかおらぬと、覚悟を決めておりまする」

そうでも言わなければ、柳沢が紀州を潰しかねないと考えての発言だ。

安堵する綱吉に、左近は続ける。

「谷中の屋敷にて、この綱豊を闇に葬らんとする者を暴きまする」

「守りが薄いぼろ屋敷で、おびき寄せるつもりか」

「あの屋敷が、何かと動きやすうございますゆえ」

綱吉は、ため息をついた。

「これまで数多の悪人を成敗してきたそなただ。抜かりはなかろう。だが、ひとつ言うておく。紀州と綱豊が争うておると世の中に思われぬために、あくまで浪人新見左近として、ことに当たるように」

「お許しいただき、ありがとう存じまする」

気が変わらぬうちに去ろうとする左近に、綱吉が声をかける。

「綱豊、どうあってもゆくのか」

「己の身に降りかかる火の粉は、己で振り払います」

「そなたとはいろいろあったが、余の跡をまかせられるのは、そなたしかおらぬ。決して、命を落としてはならぬぞ」

左近が微笑んでうなずくと、綱吉も微笑んだ。

頭を下げて黒書院をあとにした左近は、桜田の屋敷に戻り、その日のうちに谷中のぼろ屋敷に入った。

前回左近が西ノ丸に入った際に、一旦町人の家族に下げ渡していたが、その家族が家移りしたためふたたび甲府藩が買い取り、小五郎の手の者に手入れをさせていた屋敷は、囲炉裏部屋の床も、黒光りがするほど磨かれている。

誰も入れず、たった一人で一夜を明かした左近は、朝になると火を熾すところからはじめ、若い頃を懐かしく思いながら、朝餉の支度をした。

昨日、桜田の屋敷を出た時から背後についていた者の気配は消えており、結局、襲撃はなかった。

いつでも始末できる小物だと思うたか、それとも、人を集めに行ったか。

いずれにせよ、左近はまったく動じることなく、飯を炊き、味噌汁を作り、囲炉裏の炭火で海苔を炙り、醬油をかけて、炊きたての飯と食べた。

藩邸では食べられぬ味に、左近の頰がゆるむ。

ふと箸を止めた左近は、背後の気配に声をかける。

「小五郎、来る頃だと思うておったぞ。共に食べぬか」

外障子を開けた小五郎が、はいと応じて入ってきた。手に持った笊には、活きのよさそうな旬の鰯が載っている。

「棒手振りがいいのを持っておりました」

小五郎はそう言って、炭火で炙りはじめた。左近が自らよそってやった味噌汁と飯を食べ、目を細める。

「かえでが案じておりましたが、料理の腕はそのままのようで」

「ここの暮らしは、なかなかにおもしろい」

食事を進めながら、左近は訊いた。

「見張る者はおるか」

「いえ、怪しい影はありませぬ」

「では、あれは気のせいであったか」

昨日の話をすると、小五郎は真顔で箸を止めた。

「油断なりませぬ。人を増やして、密かに警固させます」

「お琴の家に来たのは、一人であったな」

「はい」

「では、警固の者はよい」

不安そうな顔をする小五郎だったが、左近に従い、反論はせぬ。

いい具合に焼けた鰯を皿に取って渡した小五郎は、醤油をかけて旨そうに食べる左近に目を細め、食事を続けた。

七

「綱豊、待っておれ」

居場所を知らせた菅に続いて旅籠を出た剣馬は、町駕籠を雇い、谷中に急がせている。

激しい揺れで舌を嚙まぬよう、丸めた手拭いを嚙み、紐にしがみついている剣馬の頭に浮かぶのは、大怪我をした辰正と、お圭の悲しむ顔だ。そして、病に苦しみ死んだ妻の顔が、剣馬を勇み立たせた。

駕籠かきに道を教える菅の声が、前から聞こえてくる。

二台が日本橋を越えたところで、剣馬たちは駕籠を新たに雇った。ここまで走ってきた駕籠かきたちは、地べたにへたり込み、肩で息をしている。

酒手を渡した菅が、引き継いだ駕籠かきに行き先を伝えて乗り込む。

剣馬も乗り、また揺られた。

谷中に到着したのは、昼過ぎだ。

左近がいるぼろ屋敷に案内された剣馬は、薄っぺらい門構えを見て眉間に皺を寄せ、菅に顔を向けた。

「このようなところに、綱豊がまことにおるのか」

「行けばわかります。わたしも助太刀を」

「よいから去れ」

菅は素直に従い、頭を下げた。

「ご武運を」

そう言って立ち去る菅を見送った剣馬は、正々堂々と勝負を挑むべく、門扉を押した。

音もなく開く扉は、誘われているようで不気味だった。

油断なく足を踏み入れてみると、玄関先は手入れされているが、母屋は古く、ほんとうに綱豊がいるのだろうかと疑いつつ、足を進める。

表か裏、どちらに回るか迷ったが、それはほんのわずかなあいだで、表を選んだ。

広い庭に植木は少なく、身を隠せる場所はない。

剣馬は、雨戸が開けられている廊下の奥にある座敷を見つつ、一歩ずつ、音を立てぬよう忍び寄った。すると、奥の居間と思しき板の間に、こちらに背中を向けて座す、藤色の着物を着た男がいた。三島町の煮売り屋から出たのを見て以来忘れもせぬ、綱豊に間違いなかった。

剣馬は小柄を右手ににぎり、背中めがけて投げ打った。

まんまと突き刺さるかと思った直後、左近は右に転がってかわした。

剣馬は縁側に跳び上がるや、座敷を走って迫る。身構える左近に対し、抜刀して一閃した。

だが、手ごたえはない。

空振りした剣馬は手首を返し、

「えいっ！」

かわした左近めがけてふたたび一閃する。

跳びすさってかわした左近は、剣馬と向き合ったまますさらに下がり、庭に跳び下りた。

追って縁側に出た剣馬は、斬れぬ苛立ちを吐き捨てた。剣の腕には自信がある。

が、この相手は油断ならぬと思った。

どう攻めるか考えている剣馬に、左近が口を開く。

「おれの命を狙うわけを申せ」

とぼけておるのか。

そう思った剣馬は、怒りをぶつけた。

「五年前に貴様が成敗した桐山摂津守元春(もとはる)に与(くみ)していた者は、すべて罰したはずだ。命を狙われたからと申して、桐山の旧臣の仕業と決めつけ、今さら連座(れんざ)を申しつけようとするうえに、罪なき町の者まで痛めつける横暴が我慢ならぬ」

「知らぬことだ。妄言(もうげん)はよせ」

「黙れ！　それがしはあるじなき浪人ゆえ、天下に手向かい申す！」

怒鳴った剣馬は猛然と迫り、拝み斬り(おがみぎり)に打ち下ろした。

これも右にかわされたが、剣馬は片手斬りに一閃した。

手ごたえはあった。が、わずかに着物を裂いただけだ。

「思慮浅き者よ、よう聞け」

左近が、謀略の駒(こま)にされていると告げようとした時、

「剣馬さん！」

お圭が大声を張り上げた。その後ろには、岩城泰徳(やすのり)がいる。

お圭は剣馬を止めるため駆け寄ろうとしたが、悲鳴をあげて倒れた。肩には小柄が突き刺さっており、剣馬は目を見張った。

「お圭さん！」

痛みに苦しむお圭に駆け寄った剣馬は、背後に立っている泰徳に目を向け、怒りに歯を食いしばる。

「おのれ、よくも」

お圭が剣馬を止めるため駆け寄った時、菅が投げた小柄がお圭の肩に刺さったのだが、あたかも泰徳が投げたように見えた剣馬は、立ち上がり、左近に恨みを込めた顔を向けた。

目を赤くし、涙を流して怒りに震える剣馬。この時から、先ほどまでとは別人のように殺気が強くなった。

左近は、助太刀しようとする泰徳を止め、安綱を抜いて剣馬と対峙した。

峰(みね)に返すのを見た泰徳が言う。

「この男を甘く見るな。斬らねばやられるぞ」

だが左近は、峰に返したまま正眼に構えた。

「やあっ！」

怒りの気合をかけた剣馬が猛然と迫り、刀を打ち下ろす。

猛々しく、それでいて狙いを寸分もたがわぬ太刀筋は鋭い。

安綱で弾き上げるも、身体の軸が強い剣馬は、すぐさま刀を打ち下ろしてくる。

切っ先を辛うじてかわした左近だったが、返す刀が地を這うように迫ってくる。

左近は引いてかわしたつもりだったが、右の手首に浅手を負わされた。血が指に流れてくるも、左近は動じることなく、剣馬から目を離さない。

対する剣馬は、指でそっと頬を拭い、恨みに満ちた目を向けて正眼に構える。

左近は両手ににぎる安綱を下げ、刀身の腹を相手に向ける葵一刀流の構えで応じた。

緊迫の時は、一瞬だ。

剣馬が無言の気合をかけて迫り、袈裟斬りに打ち下ろした。

その凄まじい殺気を読んでいた左近は、剣馬の懐に飛び込み、すれ違う。

空振りした剣馬は振り向き、左近の背中を斬らんと刀を振り上げたが、峰打ちされた腹の激痛に襲われ、たまらず切っ先を地面に突き立て片膝をついた。

苦しんで呻く剣馬に、泰徳に抱き起こされたお圭が言う。

「もうやめて、お願い」

泰徳が続く。

「小柄を投げたのはわたしではないぞ。曲者は逃げた」

「このお方は、岩城先生よ」

お圭に言われて、剣馬は驚いた顔をした。

左近が告げる。

「この場所を教えた者に騙されておるのだ。余の謀殺をたくらむ者がそなたの剣の腕に目をつけ、ひと芝居打ったに違いない」

「そんな……」

愕然とし、絶望の面持ちになった剣馬は、大刀を捨てて脇差を抜いた。

切っ先を己に向けて腹に突き刺そうとするのを、左近が手首を峰打ちして止めた。

両手をつく剣馬に、泰徳が言う。

「命がけで守ろうとしたお圭ちゃんの気持ちを大切にしろ。立ち直らせてくれた辰正のためにも、死んではならぬ」

剣馬は傷ついたお圭を抱き寄せ、泣いて詫びた。

お圭は、剣馬の頬にそっと手を伸ばした。

「もう泣かないで。甲州様がお助けくださるから、大丈夫」

そう言って微笑んでいたお圭は、目をつむり、身体から力が抜けた。

「お圭！」

慌てる剣馬に、左近が指示を出す。

「気を失っただけだ。急ぎ医者を呼ぶゆえ、中へ運べ」

応じた剣馬はお圭を抱き、縁側から上がった。

左近が布団を敷くと、剣馬は驚いた顔をしている。

「次期将軍ともあろうお方が、そのようなことをなさるのですか」

「今は浪人新見左近だ。気にするな。さ、ここへ」

布団にお圭を寝かせた剣馬は、改めて左近に両手をつき、平身低頭して詫びた。


町駕籠に揺られて来た西川東洋の治療で、なんとか命を取り留めたお圭を見届けた左近は、これまでのことをすべて話してくれた剣馬と向き合い、重々しく告げた。

「その者どもは、おれの命を狙う何者かの策で動いている、偽の家来たちだ。また手を出してくるようなら、西ノ丸に知らせてくれ」

「次に何かしてくれれば、必ず捕らえます」

剣馬は、かつての主君への想いを捨て、左近の力になると約束した。

左近は、頭を下げる剣馬にうなずき、泰徳と顔を見合わせて微笑んだ。

左近が泰徳に問う。

「どうしてここにいるとわかったのだ」

「お圭ちゃんから話を聞いて桜田の屋敷へ行ったのだ」

「又兵衛が教えたか」

うなずいた泰徳が、剣馬に言う。

「辰正親分は、助かったぞ」

安堵した剣馬は、涙を流した。

「わたしのせいです」

「悪いのは、左近を恨んでいたおぬしを追い込み、刺客にせんとたくらんだ者だ。誰に話を持ちかけられたのだ」

「菅武臣、亡き殿に仕えていた男です」

「それは偽りと思うたほうがよい」

左近が言うと、泰徳が問う。

「もっと、大きな相手か」

左近はうなずいた。

剣馬が驚いて訊く。

「何者ですか」

泰徳が答える。

「それを悟られぬために、左近に遺恨があるおぬしを焚きつけたのであろう」

剣馬は辛そうな顔をして、左近にふたたび詫びた。そして誓う。

「萱が来るかはわかりませぬが、甲州様のご家中を騙る者どもがまた手を出してくれば、必ず捕らえます」

泰徳が言う。

「わたしも力になろう。決して、一人で無茶をするな」

剣馬は泰徳に向き、神妙な面持ちでうなずいた。

そこへ、小五郎が戻ってきた。庭で左近に片膝をついて報告する。

「娘に小柄を投げて逃げた者を追いましたが、見失いました。忍びの心得がある者かと」

それを聞いた剣馬が、はっとして言い添える。

「菅はしきりに、三島屋の女将を人質にするようすすめてまいりました」

応じた左近は縁側に出た。

「ここはよい。お琴を頼む」

小五郎は表情を険しくして立ち上がり、急ぎ走り去った。

第二話　思惑

一

この日は、珍しく小雪が舞った。

お琴が心配で三島屋に泊まっていた新見左近は、

「くれぐれも、気をつけてくれ」

見送るお琴とみさえに言い置き、三島屋をあとにした。

守りを固めている甲州者の姿が、路地や表通りのいたるところにあるが、変装に優（すぐ）れた者ばかりで、町の者たちには、忍びとはわからぬであろう。

忍びと思（おぼ）しき菅武臣が見分けたとすれば、守りの堅さを知り、手出しをためらうはずだ。

そう期待しつつ、配置された者たちを横目に町中を歩いていた左近は、背後から近づく足音に立ち止まり、振り向いた。

声もかけず近づいてきたのは、岩倉具家だった。

黒の着物と袴に小豆色の羽織を着ている岩倉は、懐手にして歩きながら、じっと左近を見据えている。

「機嫌が悪そうだな」

左近が微笑んで声をかけると、正面で立ち止まった岩倉は、

「いかにも不機嫌だ」

そう言うと、顎で先へ促した。

左近は人がいない場所を選び、岩倉と向き合った。

「ぼろ屋敷で暮らしているそうだな」

そう言われて、左近は嘆息した。

「又兵衛に聞いたのか」

「権八だ。昨夜聞いたが、邪魔をすまいと思い、出直してまいった。警固の者もつけず、またぼろ屋敷に帰るつもりではあるまいな」

「帰るとも」

岩倉は、近くに耳目がないのを確かめて、表情をより厳しくした。

「世継ぎの自覚を持たぬか。危ない真似はよせ」

左近は真顔で答える。

「西ノ丸に入れば、前回にくらべて人が増やされる。そうなると、刺客が紛れ込んでもわかりづらい」

岩倉は、じっと目を見てきた。

「何年の付き合いだと思うておる。そのような偽りは通じぬ、正直に申せ」

「偽りではない。万が一おれが西ノ丸で命を落とせば、仕えてくれる者たちが上様から罰を受ける。それだけは避けたいのだ」

岩倉は呆れた。

「一人で背負い込むのは、おぬしの悪い癖だ。もっと家来を信じてやったらどうだ」

「信じている。だが、こたびは油断ならぬ相手なのだ」

岩倉は真顔で言う。

「それは、毎度のことではないか」

一度は将軍の座を争い、左近と剣まで交えた岩倉だけに、こたびも容易ならざる相手だと思っているに違いなかった。

「命を狙うておるのは、紀州か」

左近は首を横に振った。

「又兵衛から聞いておろう。手を尽くしているが、まったく影すら見えぬのだ」

岩倉はまた、不機嫌な顔をした。

「わたしに隠すな。おおかた察しがつく」

左近は逡巡（しゅんじゅん）したが、岩倉ならばと思いなおして告げた。

「これは又兵衛もまだ知らぬことだが、今朝方、上様から密書をいただいた。紀州藩の家老の一人が、潔白（けっぱく）を訴える遺言状を柳沢殿に送り、切腹したそうだ」

岩倉は探るような目をした。

「家老はどこで見つかった」

「藩邸内にある自宅だそうだ」

「綱吉は、潔白を信じたのか」

「その者は、鶴姫様にようしてくれていたらしく、上様は、胸を痛めておられるご様子。おれも、紀州の潔白を信じたい」

「家老が腹を切ったとなると、そう思うのは無理もない。大ごとになるのではないか」

「伏せるそうだ。ゆえに、又兵衛にも伝えぬ」

「そのような秘密を、どうしてわたしに打ち明ける」

左近は真顔で告げる。

「そなただからこそ話した」

岩倉は、卑屈（ひくつ）な笑みを浮かべた。

「政（まつりごと）に関わっておらぬゆえ、害にならぬと思うておるな」

「その逆だ。同じ立場ならば、おぬしはどうする。西ノ丸に入りはすまい」

「答える前に決めつけるな。わたしならば……」

岩倉は言いかけてやめ、苦笑いを浮かべた。

「大勢の家来を持ったことがないゆえ、わからぬ」

左近は微笑む。

「うまく逃げたな」

「逃げてはおらぬ。わたしとおぬしでは、立場が違うという意味だ。西ノ丸に入ったあとのことをうじうじ悩む前に、今そばにおる者の気持ちを大切にしてやれ。守りが手薄なぼろ屋敷におられたのでは、心配で生きた心地がしておらぬはずだぞ」

「友のお叱（しか）り、胸にとめておこう」

左近は帰ろうとしたが、岩倉が腕を引いた。

「藩邸に帰る気になったのか」

微笑んだ左近は、商人風の男女が来たため、岩倉を人がいない堀端に誘い、向き合った。

「これまでは、将軍になることを拒み続けてきたが、こたびばかりは逃げられぬ。ゆえに、西ノ丸に入る前に憂いを断っておきたいのだ」

「お琴殿のためにか」

よくわかってくれていると思った左近は、友の目を見てうなずいた。

岩倉は、複雑な心境を表情に出し、腕組みをして下を向く。

「お琴殿を想う気持ちはわかるが、世継ぎが決まった今は、これまでとは事情が違うのだ。命を狙う者に人質にされるのを恐れるなら、無理やりにでもそばに置いたらどうだ」

「それでは、なんの解決にもならぬ」

「わかっておるが、自ら囮になるのは得策とは思えぬぞ」

「正体を隠して暗殺をたくらむ相手だ。ここでお琴を連れて引っ込んだとしても、元を断たぬ限り、一波乱も二波乱もあろう。身軽に動ける今のうちに、断っておきたいのだ」

「頑固な奴だ」

嘆息して帰ろうとする岩倉を、左近が呼び止めた。

「立ち話で言うことではないが、よい折ゆえ聞いてくれ」

「なんだ」

無愛想(ぶあいそう)に応じる岩倉に、左近は歩み寄って言う。

「西ノ丸に、来てくれぬか」

岩倉は、口元をゆるめた。

「家来になれと言うのか」

左近はうなずいた。

「正式に世継ぎが決まった今から、将軍になった時のために支度を整えてくれ」

岩倉は、左近の目を見て答える。

「将軍になったあかつきには力になる。前からそう言うておろう。今家来になればば、綱吉に頭を下げなくてはならぬゆえ断る。それに、一人で危ない真似をするあるじはごめんだ」

左近は笑った。

「笑いごとではないぞ」

怒る岩倉に、左近は笑みを消して口を開く。

「では、おぬしと力を合わせられる日を楽しみにしておこう」

ぼろ屋敷に帰ろうとする左近に、岩倉が告げる。

「綱教殿が次期将軍と思い込んで夢を膨らませていた紀州の家来どもは、一度見た夢を容易くはあきらめぬであろう。これを暴くのをわたしにまかせてくれるなら、今すぐ家来になってもよいが、どうだ」

それでは岩倉の命が狙われると思った左近は、首を横に振った。

岩倉は、ため息をつく。

「何ゆえ頼らぬ」

「将軍の座をめぐる争いで、大事な者を喪いたくないのだ」

「おぬしらしいが……」

その先を言いよどんだ岩倉は、左近の目を見た。

「まあいい、決して油断するな。死んだら許さぬからな」

左近は微笑んでうなずき、ぼろ屋敷に帰った。

見送っていた岩倉は、左近の跡をつける者がいないのを確かめ、そっと続く小五郎の姿を認めた。

小五郎は軽く会釈をして、左近の背後に続く。

「おぬしも、苦労が絶えぬな」

岩倉は小五郎に届かぬ声でつぶやくと、きびすを返した。

雪は、夜中に本降りになったようだ。

朝早く目をさました左近は、雨戸を開けて、白い世界に驚いた。井戸端に置いていた手桶が、積雪で見えなくなっている。

魚を売る棒手振りの声が、遠くでしている。

勝手口から出た小五郎が、左近に鰯を求めると告げて、裏門に向かった。その背中を見ていると、裏門を開けた小五郎が、何かに気づいてしゃがんだ。

「おい、しっかりしろ」

小五郎の声を聞いた左近は、日も当たらぬ薄暗い外へ出てそばに向かう。すると小五郎は、戸惑った顔を向けてきた。腕には、気を失った若い娘を抱いている。

「大雪の中、行き倒れていたようです」

小五郎は警戒しているようだが、左近は凍えている娘を放ってはおけぬ。

「中へ」

「しかし……」

「よいから運べ」

「はは」

小五郎は細身の身体を軽々と抱き上げ、左近に続いた。

囲炉裏に薪を井の字に組んで火を焚いた左近は、湯を沸かすという小五郎に言う。

「大雪が降る寒さだというのに、この娘は寝間着を一枚しか着ておらぬ」

雪で濡れ、肌が透けるほどの薄着が気になった左近は、どこから逃げてきたと見て心配した。

湯が沸くあいだに小五郎が着替えさせ、左近は自ら台所に立ち、生姜湯をこしらえた。

娘は意識がないが、匙で少しだけ口に入れてやると、むせることなく飲み込んだ。

冷たかった手足も次第に温もりを取り戻し、薪の火で板の間が暖かくなった頃には、顔も血色を帯びてきた。

った。

小五郎は、外に怪しい者がおらぬか確かめると言い、出ていった。

娘から離れた左近は、手拭いを熱い湯に浸して絞り、足の裏に当てて温めてやった。

小五郎が戻り、外に異常はないと言う。

その小五郎の声に応じるように、娘は苦悶の表情を浮かべて、ゆっくりと瞼を開けた。

居場所を確かめるように目を左右に動かした娘は、見知らぬ左近と小五郎がいるのに驚いた顔をして起き上がり、身を縮めて下がった。

ひどく驚く様子から、よほどの目に遭ったに違いないと察した左近は、穏やかに告げる。

「安心しなさい。裏で行き倒れておったゆえ、助けたのだ」

綿入りの男物を着せられているのにようやく気づいた娘は、襟を引き合わせ、かけていた夜着を引き寄せて、乱れた裾を隠した。

まだ怯えているが、左近と小五郎に頭を下げた。

「ご迷惑をおかけしました。お許しください」

左近は、囲炉裏で温めていた残りの生姜湯を手に取り、差し出した。

「これを飲みなさい。身体が温まる」

娘は素直に受け取り、一口飲んだ。

落ち着いた様子を見て、小五郎が問う。

「何があったか、話せるか」

娘は途端に顔を歪め、涙が頬を伝った。

「わたしだけ、生きて……」

嗚咽しながら訴えようとしたが、呼吸が苦しそうになり、生姜湯を入れた茶碗を置いた娘は、引きつるような声をあげて胸を押さえた。

左近はそばに寄って、右の首の急所を指で打った。

気を失った娘の身体を受け止め、仰向けにさせた左近は、小五郎に言う。

「よほど恐ろしい記憶があるに違いない。今のうちに、かえでを呼んでくれ」

応じた小五郎は、ぼろ屋敷から出ていった。

二人きりになった左近は、娘の追っ手を警戒して過ごした。

小五郎とお琴の警固をかわったかえでが来たのは、一刻（約二時間）ほど経った頃だろうか。

雪はやみ、日が差した外は、やけに眩しい。

出迎えた左近に恐縮して応じたかえでは、雪がついた草鞋と脚絆を脱いで板の間に上がり、娘の様子を見た。

お琴が持たせた赤地の着物を包んだ風呂敷を横に置き、左近に問う。

「起こしますか」

「頼む」

かえでは着物の袂から、気付け薬を入れた小さな瓢箪を出して栓を抜き、娘の鼻先に近づけた。

顔を左右に振り、辛そうな表情をして目をさました娘に、かえでが声をかけた。

「安心して。ここは、あなたを守ってくださるお方の屋敷です」

ぼんやりとした面持ちで聞いていた娘は、はっと我に返って身を起こし、かえでを見るとすがるような表情をした。

「みんな、殺されてしまいました」

かえでが左近を見てうなずき、娘に訊く。

「まずは、名を言えるかしら」

「益です」

「何があったか、はっきり覚えているのね」

はいと答えたお益は涙を流したが、先ほどのように取り乱しはせず、悲しみに耐えながら語った。

それによると、奉公していた神田の油問屋の高木屋に盗賊一味が押し入り、あるじの家族をはじめ、番頭、手代、女中や下女たちまでもが殺されていた。

お益は他の女中たちと逃げようとしていたのだが、恐ろしくて腰が抜けてしまい、夜着を被って震えていた。そこへ、賊に斬られた手代が覆い被さるように倒れてきて、そのおかげで見つからずにすんでいたのだ。

涙が止まらなくなったお益の背中をさすったかえでが、落ち着いたところで問う。

「賊の顔を見たの？」

お益は首を横に振った。

かえでがさらに訊く。

「どうやって逃げたか、覚えている？」

「はい」

「教えてちょうだい」

かえでにうなずいたお益は、大きく息を吸って吐き、声を震わせながら続けた。

「怖いのを我慢してじっとしていると、呻き声もしなくなり、なんの音も聞こえなくなりました。それでも動けなくて、夜着を被っていたのですが、もう一度とどめを刺して回れという声が聞こえて、飛び出して逃げたのです」

かえでがうなずき、気遣うように声をかけた。

「見つからなかったのね」

お益はこくりと首を縦に振った。

「雪が降る中を走って逃げたのですが、寒さに耐えきれなくなって、気がついたらここに……」

お益は、隣の座敷で座っている左近に、両手をついて頭を下げた。

「お助けいただき、ありがとうございました」

「気にせずともよい。命が助かったのは、そなたが神仏に守られているからだ」

安綱を手に立ち上がる左近を見たかえでが、不安げに問う。

「どちらに行かれるのですか」

「襲うたのは、大地震のあとから増えている盗賊一味に違いない。このまま放ってはおけぬゆえ、高木屋を見に行く」

出ようとする左近を追ったかえでが、前を塞いで頭を下げた。

「今は、お命を第一にお考えください」

「案ずるな、様子を見るだけだ。お益を頼むぞ」

左近は聞かず、高木屋に急いだ。

二

江戸では名が知られた高木屋の場所を知っている左近は、町の者たちが雪かきをして空けた道を歩き、神田明神下へ急いだ。

高木屋は、神田明神を見上げる場所にある。到着すると、店の前は物見高い連中が集まり、騒然としていた。

惨いことをしやがる、可哀そうに、などとささやき合う男たちのあいだを割って前に出た左近に気づいて駆け寄ったのは、北町奉行所吟味方筆頭与力の藤堂直正だ。

「このようなところに……」

甲州様が、と言いそうになる口を手で塞いだ藤堂は、お耳が早いですなと言い変えた。

左近は藤堂を町の衆の耳目から離れた場所に誘い、店で奉公していたお益を保護していると告げた。

藤堂は驚いて言う。

「中はひどいありさまで、皆殺しかと思うておりましたが、それはせめてもの救いです。すぐに、奉行所で引き取ります」

「いや、しばらくおれが預かる」

藤堂は素直に従い、申しわけなさそうに頭を下げた。

「このような悪党どもを野放しにして、申しわけありませぬ」

言いわけを並べない藤堂に対し、左近は真顔で応じる。

「市中を騒がす盗賊は、一組ではないと聞いているが」

「これまで五人の頭目と三十五名の手下どもを捕らえ、いずれも厳しく罰しておりますが、地震の影響もあり、食い扶持に困る者がまだ多いせいか、虫が湧くように出てきます。特に、高木屋を襲うた一味は非道の輩で、この一味が押し入ったと思われる三軒のうち、生き残りがいたのはこたびが初めてです」

いずれも地震に耐えた大店で、蔵には大金があったはずだという。

左近は、悔しそうな藤堂に告げた。

「生き残った娘は、残念ながら賊の顔を見ておらぬ。口封じに皆殺しにせんとする賊から逃げるのが、精一杯だったようだ」

「そうですか」

肩を落とした藤堂は、同心に呼ばれて、今行くと返すと左近に向いた。

「凶悪な賊を、決して許しませぬ。必ずや捕らえてご覧に入れます」

店に戻る藤堂を見送った左近は、出しゃばるのをやめてぼろ屋敷に帰った。

かえでの心遣いにより、お益は辛い気持ちを抱えながらも、左近に身の上話を聞かせてくれた。

実家は、谷中から北に位置する三河島村にある。野菜農家だが、兄妹が多く食うに困るため、七歳の時に奉公に出され、高木屋で育った。

あるじ夫婦に可愛がられていたというお益は、自分だけ生き残ってしまったと己を責め、突っ伏して泣きじゃくった。

藤堂が顔を歪めるほどの惨状の中にいたのだ。まだ十五歳の娘には、耐えられぬことであろう。

そう案じた左近は、かえでになぐさめられ、気持ちが落ち着いたお益に言う。

「産んでくれた両親と、育ててくれた高木屋のあるじ夫婦のためにも、助かった命を大切にしなさい。悪いのは盗賊一味であって、そなたではないのだ。決して、自分を責めてはならぬぞ」

お益は、はいと返事をしたものの、寝ていても、夜中になると叫んで起きた。

左近が行くと、お益はかえでにしがみついて泣いていた。

かえでが言う。

「賊に襲われる夢を見たようです」

こころの傷は深いようで、左近は胸を痛めた。

「見知らぬこの家より、親元のほうがこころ安らかに過ごせるか。お益、どうだ、両親のもとへ帰りたいか」

するとお益は、首を横に振った。

「逃げたわたしを盗賊が追ってくれば、家族が殺されてしまいます」

しゃくり上げながらそう言ったお益に、左近はうなずいた。

「ここへは来ぬから、安心して眠りなさい」

涙を拭(ぬぐ)ったお益は、かえでから離れて横になり、目をつむった。

落ち着きを取り戻したお益が眠ったところで、左近はかえでを居間に呼んだ。

「これも何かの縁であろう。お益をより安心させるために、賊が捕らえられるまで甲府藩邸で暮らさせたいが、どう思う」

　かえでは厳しい顔で答えた。

「お益の身元を確かめるまで、お待ちください」

　慎重なかえでに、左近は真顔でうなずいた。

　翌朝に来た小五郎は、かえでから話を聞いて、ただちに配下を三河島村に走らせた。その結果、お益の身元に怪しいところはないとわかり、左近はお益を町駕籠(まちかご)に乗せて桜田の藩邸に帰った。


　裏門から入り、奥御殿の庭で駕籠から降りたお益は、そこでようやく左近の正体をかえでから教えてもらい、仰天(ぎょうてん)して地べたに平伏(へいふく)した。

　左近が顔を上げさせて、不安そうなお益に微笑む。

「ここにおれば賊は来ぬゆえ、安心して暮らすがよいぞ」

「でも殿様、わたしなどが入れるお屋敷ではありません」

　生まれて初めて入った大名屋敷の大きさと雰囲気に、お益はすっかり怖気(おじけ)づいているようだ。

「そう硬くなるな」

左近が言った時、皐月と、おこんたち奥御殿女中が庭に出てきた。

皐月は、左近が年若いお益といるのを見て声をかける。

「殿、その娘御はどちら様ですか」

「縁あって、連れてまいった。わけはあとで話すが、辛い目に遭うておるゆえ、しばらく屋敷で預かる」

せっかちな皐月は、左近に訊く。

「どのようなご縁でしょうか」

左近に応じたかえでが皐月に歩み寄り、お益の身に起きた出来事をかいつまんで教えた。

表情を険しくした皐月だったが、左近に言う。

「かしこまりました。では、わたくしにおまかせください」

左近がうなずき、お益に告げる。

「安心して暮らすがよいぞ」

神妙な顔で頭を下げたお益に皐月が歩み寄り、顔と立ち姿をしげしげと見て告げる。

「奥御殿で預かるからには、ただでは置けません。ちゃんと、働いてもらいますからね」

お益は、厳しい皐月にぺこりと頭を下げた。

「なんなりとお申しつけください」

「お益、そう気を張らずともよい。そこにおるおこんのように、気楽に暮らせ」

左近が声をかけたのを受けて、おこんがお益に歩み寄ると、

「まずは、着替えをしましょう」

笑顔で言って手を引き、連れていった。

皐月が左近に言う。

「せっかくお戻りになられたのですから、今宵は奥御殿でお休みください」

左近が返事をする前に、

「殿！」

又兵衛の声が広縁から届いた。

見れば、又兵衛と間部詮房が急いで来て、又兵衛が口を開く。

「殿、ぼろ屋敷には帰らないでくだされ」

左近は笑って応じた。

「藩主としての仕事をするつもりで戻った。間部、溜まっている書類を持ってま

いれ」

だが間部は、ばつが悪そうな顔をして答える。

「ちょうど今から、谷中の屋敷へまいろうとしておりました。甲府藩主としてのお役目は、もはや必要ありませぬ」

左近は驚いた。

「何があった」

又兵衛と間部は揃(そろ)って庭に下り、立っている左近に平伏した。

又兵衛が頭を下げたまま告げる。

「上様に呼び出され、先ほど戻ったばかりにございました」

「前置きはよい」

左近が言うと、又兵衛は顔を上げた。

「本年をもって、殿から甲府の領地を召し上げ、後任を柳沢吉保殿にするとのお達しにございます」

綱吉は、ぼろ屋敷にいる左近を呼ばず、又兵衛に伝えていたのだ。

正月の行事で、そのことを諸大名と旗本に宣言するという。

左近は驚いたものの、すぐさま納得した。嗣子(しし)が一大名の身分では、前回と同じく、こたびも身代わりだと噂されるのを案じての召し上げに違いないと思ったのだ。

「甲斐武田氏の縁者だと自称しておる柳沢は、さぞ喜んでおろう」

左近がそう告げると、又兵衛は、

「これで、殿のお世継ぎは揺るぎなき事実です」

と言い、涙を流した。

まだ半信半疑だったのかと、左近は笑った。

又兵衛は鼻をすすり、決意を込めた面持ちで言う。

「甲府藩の召し上げが知れ渡れば、敵もこたびが偽りではないと焦るはず。なんとしても、殿のお命を狙う不埒者を暴いて成敗せねばなりませぬ。先日殿は、何もするなとおっしゃいましたが、もうじっとしてはおれませぬ。それがしも探索をいたしますぞ」

又兵衛の身を案じ動くなと命じていた左近は、止めても聞きそうにないと思い、気になって問う。

「三宅兵伍たち四人衆を使うつもりか」

「いかにも」

「探索に優れた者たちに何をさせる。紀州を探らせるつもりか」

又兵衛は、元大目付たる面持ちになった。

「いかにも」

「忘れたか、上様は、余と紀州が揉めるのをよく思われておらぬのだぞ」

「ご安心くだされ。四人衆ならば、決して悟られぬよう、うまくやりまする。では、ごめん」

意を決した顔で頭を下げた又兵衛は、本宅に帰っていった。

左近は、間部に言う。

「紀州は黒に近いと思うてはおるが、又兵衛が大ごとにせぬか心配だ」

「それも、よろしいのでは」

間部は、左近の顔を見て続ける。

「綱教侯が殿のお命を取るよう命じているとはとうてい思えませぬゆえ、又兵衛殿が探りを入れることで、家臣の誰かが勝手に動いておると綱教侯がお思いになれば、きっとご家中を抑えられましょう」

「そうなればよいが」

又兵衛が去った廊下を見つめる左近に、皐月が言う。

「殿、藩主のお役目がなくとも、今宵は奥御殿でお休みくださいお着替えを手伝わせていただきます。さ、中へ」

ぼろ屋敷へ帰そうとしない皐月の気持ちに応えた左近は、草履を脱ぎ、奥へ入った。

皐月はかえでから、お益について、より詳しい話を聞いた。

かえでが包み隠さず話すと、皐月は口を手で覆いながら聞いていたが、心配そうな顔を左近に向けた。

「殿は、お益をこれからどうなさるおつもりですか」

「盗賊が捕まるまで、そばに置く」

「西ノ丸にお入りになるまでに捕まらなかったら、どうなさります」

左近は真顔で答える。

「そなたが家格で人を見る者ではないゆえ託した。これからどうするかは、そなたの判断にまかせる」

皐月は、心得たとばかりにうなずいた。

三

又兵衛自慢の四人衆が探索に動きはじめた頃、剣馬にかわる刺客を探していた大貞は、巷を騒がせている情け容赦のない盗賊に目をつけていた。

麹町隼町の別宅で思案をめぐらせていた大貞は、扇子を閉じ、向き合って座っている古藤義頼に向けた。

「そちが今申した、神田の油問屋に押し入った盗賊の頭目を、ただちに見つけろ」

古藤は困惑の色を浮かべた。

「盗賊ごときに、綱豊を暗殺させるおつもりですか」

「奴らは商家に押し入るのを生業としておるのだ。綱豊が妾の店に泊まったところを、押し込ませればよい。さすれば、やったのは盗賊。その盗賊の口を塞いでしまえば、わしらが疑われることはない」

「なるほど妙案ではございますが、ご用人、ご存じのとおり、綱豊は葵一刀流を極めた達人です。盗賊ごときの剣が、ものの役に立ちましょうか。それに、甲州者の守りは堅うございます」

大貞は、わからぬ奴だとばかりに大きなため息をつく。

「そのようなこと、言われずともわかっておる！　盗賊一味の中に、わしがこれと思うた剣客どもを忍ばせておれば、甲州の忍びなど恐れることはない。綱豊も同じじゃ。必ずや、うまくいく」

「それはよいといたしましても……」

「口答えは許さぬ！　一刻も早う見つけ出せ」

「はは」

　大貞の剣幕に怯えて下がったものの、

「困った」

　古藤は廊下で立ち止まり、首（こうべ）を垂れた。

　町奉行所や御先手組（おさきてぐみ）が血眼（ちまなこ）になって捜している賊の頭目を使おうという、無謀ともいえる考えに、古藤はついていける気がしないのだ。

　だが大貞に逆らえば、己の未来はない。

　後ろ向きの考えを改め、顔を両手でたたいて気合を入れた古藤は、まずは奉行所におもむき、藩主綱教が気にしていると偽って、情報を手に入れようと考えた。

　だが、町奉行所の連中は、盗賊についてはこちらが教えていただきたいなどというありさまだった。

その足で御先手組を訪ねようとしたが、下手(へた)に動けば、綱豊の手の者に怪しまれる気がした古藤は、暗殺を焦らず、西ノ丸に入ったあとでも命は狙える、そう大貞を説得すべきだと考え、引き返した。

西日が眩しくなりはじめた頃、大貞の家を訪ねると、戸口に赤い番傘が吊るしてあった。

赤い番傘は、邪魔をするなという大貞の合図だ。

古藤は、今日のところは妾に救われたと思い、進言は明日にして自分の部屋に帰るべく、藩邸の裏門から入った。すると、門番が呼び止めた。

「古藤様、文(ふみ)を預かっております」

受け取ってみれば、表には何も書かれていない。

十歳ほどの子供が届けに来たと言われて、古藤は人がいない場所で文の封を切った。

思ったとおり送り主は、暇(ひま)さえあれば通いつめている吉原(よしわら)の妓楼(ぎろう)、桜木屋(さくらぎや)のあるじからだった。明晩花魁道中(おいらんどうちゅう)があるので、見物に来ないかという誘いだ。あるじの佐兵衛(さへえ)が誘うのは珍しいことではなく、以前もたいそういい思いをした古藤は、ぴんと閃(ひらめ)いた。

そこで翌日、大貞にことの次第を相談して許しを得た古藤は、軍資金まで受け取って吉原へ向かった。

桜木屋のあるじの佐兵衛はこれまで古藤のことを、紀州藩の重臣だと持ち上げて歓待してくれていたが、左近の世継ぎが確実となった今も、その扱いは変わらなかった。

「古藤様、花魁も待ち焦がれておりました」

豪勢な料理を並べて酒をすすめる佐兵衛に、古藤はさっそく切り出した。

「ひとつ教えてくれ」

「はい、なんなりと」

「近頃派手に遊んでおる者がおらぬか」

途端に、佐兵衛の表情が曇った。吉原の掟に従い、客の情報を決して漏らさぬ男だ。

やはりだめかと思っていると、佐兵衛は恵比須顔で微笑み、横にいる花魁と、給仕のため控えていた店の者を下がらせた。

同郷の幼馴染みでもある古藤は別だと前置きして小声で告げたのは、三人の名だ。そのうちの一人が、桐山摂津守の元家来の多木甲才だと言われて、古藤は耳を疑った。

「それは、間違いないのか」

佐兵衛はうなずいた。

「ひどく酔われた時に、花魁にはっきりおっしゃったそうです」

「浪人であろう。遊興費はどこから出ておる」

「たんまりと貯め込んでいらっしゃるそうです」

桐山と悪事を重ねて稼いだ金に違いないと思った古藤は、

「天は、まだ我らを見放しておらぬようだ」

と言って、ほくそ笑んだ。なぜなら、岡光剣馬を捜すにあたり、古藤がもっとも目をつけていた男だったからだ。

「思わぬ大物を拾った。佐兵衛、多木と会いたい。次に来たら、繋ぎを取ってくれ」

「今まさに、別の座敷におられますが。あの三味線の音がそうです」

言われて耳を澄ませば、自ら奏でているという三味線の音と、にぎやかな笑い声が聞こえた。

「派手に遊んでおるな」

「おかげさまで、手前どもも儲かっております。今すぐ、こちらにお呼びします」

「いや、わしから足を運ぶ」

「では、ご案内いたします」

先に立って廊下を歩いた佐兵衛が座敷に入り、花魁たちを下がらせると、古藤を招き入れた。

古藤がゆっくりとした足取りで敷居を跨ぐと、金屛風の前に緋毛氈が敷かれた上座であぐらをかいた多木が、狡猾そうな目を向けてきた。

佐兵衛が頭を下げてから口を開く。

「多木様、こちらは、紀州徳川家ご重臣の、古藤様でございます」

多木は返事をせず、探るような眼差しで古藤を見続けている。

古藤が立ったまま告げる。

「佐兵衛、下がれ。呼ぶまで誰も近づけるな」

厳しい声に笑みを消した佐兵衛は、応じて出ていき、障子を閉めた。

多木が、殺気を帯びた面持ちになった。

「そう怖い顔をするな。話をしたいだけだ」

古藤はそう言うと多木と向き合って座し、重々しく告げた。

「このようなところで、多木殿にお会いできるとは思わなんだ」

多木は、表情をわずかに和らげて応じる。

「紀州のお方が、わたしになんの用ですか」

古藤は膳を横にずらし、膝を近づけて言う。

「そなた、徳川綱豊に遺恨があろう」

「はて」

微笑む多木に、古藤が畳みかける。

「ないとは言わせぬぞ。実はわしもそうじゃ。どうだ、おぬしも恨みがあろう」

「あるとお答えすれば、いかがなさる」

「綱豊を討つ気はないか」

こう持ちかけた途端、多木は帯に隠していた小刀を抜き、古藤の右の首筋にぴたりと当てた。

「紀州が、後ろ盾になると申すか」

「そうだ」

答えた古藤がじっとしていると、多木は愉快そうに笑って刃を引き、笑みを消すとうなずいた。

「願ってもない誘いだ。わたしは今、綱豊を討つために軍資金を集めている」

己の首筋をさすりながら古藤が問う。

「何をして集めておる。桐山殿としたように、またどこぞの商家を乗っ取っておるのか」

多木はくつくつと笑った。

「あのように手ぬるいことをしていたのでは、いつまで経っても軍勢を作れませぬよ」

「では、何をして稼いでおるのだ」

「まあ、商家を乗っ取るという意味でいえば、同じでしょうな」

薄皮が切れた首の痛みが気になった古藤は、もしやと目を見張った。

「まさか、商家を襲うて皆殺しにしておるのは、おぬしか」

多木は平然と答える。

「いかにもそうだ。しかし綱豊を襲うには、金も兵もまだまだ足りぬ」

「派手な遊びを控えるべきではないか」

「これは息抜き。紀州が後ろ盾になると言うのなら、今夜限りで遊びはよそう」

気分をよくした古藤は、手を打ち鳴らして佐兵衛を呼んだ。

「おぬしのおかげで、話がまとまった。かかる金はすべて持つ。多木殿を存分に楽しませてくれ」

何も知らぬ佐兵衛は、ぱんと手を打ち鳴らして喜び、花魁たちを上げると言って張り切った。

四

翌晩、多木は十人の手下どもと四谷にいた。

月も雲に隠れ、あたりは暗闇だ。

夜目が利く手下、景光が見ている先には、地震の被害を免れていた油問屋がある。

多木は、この油問屋に早くから目をつけており、今宵、その順番が来たのだ。

景光が、下がれと小さな声を発した。

十人の盗賊が身を潜める路地の前を、ぶらぢょうちんの頼りない明かりが照らす。その持ち主は、見廻りをする町方同心と中間だった。

気配を殺している賊にまったく気づくことなく、自身番で熱い茶を飲もうなどと言い、歩み去っていく。

その後ろを音もなく景光が横切り、油問屋の右側にある路地に消えた。手下どもが続き、多木が後ろから悠然と路地に入った。勝手口は景光の手ですでに開けられている。中に入った多木は戸を閉めるなり、景光の肩を二度軽くたたいた。

かかれの合図に応じた景光が刃物を抜いて母屋に忍び込み、寝息を立てている奉公人の男たちの喉笛を裂いた。

気配に目をさました女が悲鳴をあげようとする口を塞いだ別の手下が、喉を掻き切って次の奉公人にかかる。

こうして、わずかなあいだに一人残らず殺めた賊どもは、金蔵の前に集まった。景光が錠前の鍵穴に手製の金具を挿し入れ、仕組みを探るように動かすと、程なくはずれた。

手下どもが金蔵の中に入り、多木が続く。

蔵の中には、三千両ほどあった。

「思ったより少ないが、まあよい」

多木は手下たちに担がせ、裏木戸から外に出た。暗い路地から表通りに出たところで、先ほど通り過ぎたはずの町方同心が現れた。

同心は盗賊に気づいて戻ったのではなく、茶を飲むのはもうひと回りしてからだと思いなおし、自身番に詰めていた四人の町役人を引っ張り出して、逆回りをはじめていたのだ。

千両箱を担いだ賊と鉢合わせになった同心は、あっと声をあげて驚き、十手を振りかざした。

「盗賊だ！　引っ捕らえろ！」

中間がちょうちんの明かりをかざす中、町役人たちは慌てて六尺棒を構え、賊に迫った。

千両箱を持たぬ景光が抜刀し、先陣を切った町役人を一刀で斬り倒すと、地を蹴って跳び、二人目に斬りかかった。

六尺棒で受け止めようとした町役人は、棒ごと額を斬られ、雷に打たれたようにのけ反ると、仰向けに倒れた。

それを見た中間がちょうちんを投げ、呼子を吹こうとしたのだが、景光が投げた刃物が額に突き刺さり、音を出せぬまま倒れた。

恐れて下がる町役人たちだったが、他の賊に襲われ、無惨に斬り殺されていく。

「おのれ！」

同心が十手を投げつけたが、景光は刀で弾き飛ばす。

刃引きの大刀を抜いた同心が正眼に構えたものの、恐怖で腰が引けている。

景光が迫ると同心は腰を抜かし、めったやたらに刀を振り回した。

景光はその刀を弾き、同心の首に刀を当て、無表情で引き斬った。

目を開けたままこの世を去った同心を見下ろした多木が、

「運のない奴よ」

一言吐き捨てると、手下と共に引きあげてゆく。

騒ぎに気づいた周りの商家の者たちが、ちょうちんを持って出てきた。

「いったい何があった」

声を発しつつ、ちょうちんをかざして通りを調べていた一人の手代が、血だらけで倒れている同心たちを見て悲鳴をあげた。

大騒ぎになり、知らせを受けた北町奉行所の同心たちが集まってくる。

どうも油問屋で何かあったということになり、中を確かめに入った若い同心が、外に出てくるなり嘔吐した。

古参の同心が中に入り、あまりの凄惨さに顔をしかめながらもちょうちんで照らしながら調べていると、真っ白な襖に血で書かれた文字を見て、息を呑んだ。

襖には、そう書かれていたのだ。

――祝(しゅく) 徳川綱豊。

このことは、翌日には江戸中に知れ渡り、

「甲州様を恨む者の仕業(しわざ)らしい」

という噂があちこちでささやかれ、

「甲州様を祝うために、熨斗(のし)付きの千両箱が、西ノ丸大手門(おおてもん)前に積まれていたそうな」

などと、まことしやかに口にする者まで現れた。

市中があらぬ噂で騒がしくなれば、公儀が黙ってはいない。

けしからぬ噂を立てる者を躍起(やっき)になって捕らえはじめ、市中は混乱した。

戻った手下から町の様子を聞いた多木は、狡猾な笑みを浮かべながら景光に言う。

「綱豊は、悔しがっておろうな」

「顔が見たいものです」

そう言ってほくそ笑む景光に、多木は思慮深い面持ちで告げる。

「綱豊を葬ったあとは、紀州に入り込み、思うがままにするのもよいな」

「それはよいお考えです。桐山摂津守様をそうなされたように、綱教を操ることができれば、天下はお頭の物です」

多木はうなずいた。

「それにはまず、大貞だ。奴を信用させねばならぬ」

すると景光が、たくらみを含んだ笑みを浮かべ、考えを述べた。

「大貞への手土産に、綱豊の妾の店を襲い、金を奪ってしまうのはいかがですか」

「三島屋、であったな」

「すでに、ご存じでしたか」

「いや、古藤から大貞の策を聞いておる。わしが盗賊になり下がっておると知り、言うてきおった。綱豊が三島屋におる時に押し入り、皆殺しにせよとのことじゃ」

「それは妙案、と言いたいところですが……。お頭は、受けられたのですか」

「ふん、大貞の腹積もりは読めておる。綱豊を討ったあかつきには、我らを賊として成敗し、口を封じるであろうな。じゃが、話に乗ったふりをした」

「何ゆえです」

「大貞を信用させるために決まっておろう」

「では、言うとおりに動くのですか」

「わしに考えがある。今は、大貞の言うとおりにしておこう」

その大貞から、左近が三島屋に泊まったという知らせが来たのは、二日後だ。

多木は支度を命じ、一味を連れて三島町に走った。

神明前通り(しんめいまえどお)りにある辻灯籠(つじどうろう)の火が、景光が投げた礫(つぶて)で消え、真っ暗になる。

気配を探っていた多木が、前の者の肩を二度たたき、合図を出した。

十人が抜かりなく三島屋の裏木戸に取りつき、いざ押し込もうとした時、空を切って手裏剣が飛び、板塀を越えようとしていた賊の背中に突き刺さった。

舌打ちをする多木の前に広がる路地の闇に、気配がある。

「甲州者か」

景光がそう声を発した刹那(せつな)、ふたたび手裏剣が飛んできた。

刀で打ち飛ばした景光が、指に三本の刃物を滑らせ投げ打つ。

闇に吸い込まれた先で火花が散った。と同時に、凄(すさ)まじい気が迫りくる。

甲州者が景光に斬りかかった。

打ち下ろされる刀を受け止めた景光は、眼前の顔を見て片笑(かたえ)む。

「女か」

かえでは無言の気合をかけて刀を滑らせ、後ろ回し蹴りを繰り出した。腕で防御した景光は、その力を利用して跳びすさり、地を蹴って隣家の板塀に上がると、屋根に跳び上がって逃げた。

かえでが追おうとしたが、多木の手下に斬りかかられ、やむなく応戦する。多木は手下どもと奮戦しつつ、逃げに転じた。

「逃がすな」

かえでが命じ、応じた配下が追おうとしたのだが、背中に手裏剣が刺さっている多木の手下が行く手を阻み、ゆっくりと抜刀して鞘を捨て、猛然と襲いかかった。

凄まじい剣を遣う相手に、甲州者は苦戦した。力を合わせようにも狭い路地のため、一対一で闘う羽目になった甲州者が斬られ、二人目も倒された。

次はかえでだ。

多木の手下は肩で息をしていたが、ぴたりと呼吸を整え、猛然と迫る。その額めがけて、甲州者が投じた手裏剣が飛ぶ。

弾き飛ばした隙をかえでは逃すことなく、前転して懐に飛び込み、刀の切っ先を向けて突き出した。

刀を振り上げていた賊は腹を刺され、瞼を大きく開いた目で、かえでを見下ろした。呻きつつ、切っ先を下に転じてかえでに突き下ろそうとしたが、甲州者が投じた手裏剣が喉に突き刺さり、力尽きて倒れた。

　海辺に走り、待たせていた舟で逃げた多木は悔しがった。

「おのれ、こざかしい奴らめ」

　景光が神妙に頭を下げる。

「力及ばず、申しわけありませぬ」

「よい。愚策に従って動いたのは、我らの忠節を大貞に示すためだ。この人数で綱豊を討てるとは思うておらぬ。悔しいのは、仲間内でも三本の指に入る剣の遣い手を喪ったからよ。これは痛い」

　嘆く多木に、景光が言う。

「死んだ手下の穴埋めにふさわしい者がおります」

「誰だ」

「岡光剣馬を覚えておられますか」

　多木は鋭い目を景光に向けた。

「あの剣馬か」

「いかにも」

「奴は江戸におるのか」

「はい。妻を喪い、今は見る影もなく落ちぶれておりますが、剣の腕は以前より冴えておりましょう」

「奴の居場所を知っておるのか」

景光が答える。

「我らの一味に加えるつもりでおりましたが、やくざに関わっておりましたので、捨て置きました。お許しあらば、訪ねてみましょう」

多木はうなずいた。

「奴は、綱豊を恨んでおるのか」

「妻が死んだのは、綱豊のせいだと言うておるのをこの耳に聞いてございます」

「ならば、わしの誘いに乗るはずだ。明日にでも確かめよ」

「承知いたしました」

逃げ道を確保した船着場から上がった多木は、襲撃のしくじりと、これからの策を記した手紙を手下に命じて古藤に届けさせ、闇に紛れて去っていった。

五

岡光剣馬は、やっと起きられるようになった辰正に肩を貸し、縁側に座らせた。

日の光を浴びた辰正は、気持ちよさそうに空を見上げながら口を開く。

「またこうして、お天道様を拝めるとはな。我ながらしぶとい。なあ剣馬」

背中をたたいて笑う辰正に、剣馬は改まって言う。

「わたしのせいで、ひどい目に遭わせてしまいました」

「おい、それはもう言わねぇ約束だ。二度と口にすんじゃねぇ」

強い口調の辰正に、剣馬は頭を下げた。

お圭が茶菓を載せた折敷を持ってきて、二人のあいだに割り込んで座った。

その態度に、辰正がからかうように口にする。

「なんだお圭、おれと剣馬がくっついてるから焼けてやがるのか」

「そんなんじゃないわよ。こうしていたいの」

辰正と剣馬と腕を組んだお圭は、辰正に頭を寄せて嬉しそうな顔をした。

辰正が笑って言う。

「いっそのこと、おめえたちは夫婦になったらどうだ」

思わぬ言葉に剣馬が驚いていると、辰正が続ける。

「剣馬、お圭はがさつだが、根は優しい娘だ。縁を結んで、おれの跡を継いでくれねえか」

「嬉しいお言葉ですが、お圭さんが迷惑では」

するとお圭が、腕に力を込めて答える。

「わたしはいいわよ。前からお嫁になると決めていたもの」

辰正が大口を開けて驚き、剣馬を見てきた。

「聞いたか。おれは今初めて知ったが、おめえはわかっていたのか」

剣馬は首を横に振った。

「いえ、まったく」

「鈍(にぶ)いわね」

お圭が不服そうに口を尖(とが)らせる。

「わたしは、薄々そうではないかと思っておりました」

そう言いながら来たのは宇佐治だ。

「おい、立ち聞きをする奴があるか」

咎(とが)める辰正に、宇佐治が申しわけなさそうに答える。

「剣馬さんに客人が来なすったんでお呼びに上がりましたら、親分の大きな声が聞こえてしまいやした」

笑った辰正だったが、心配そうに問う。

「剣馬に客人だと」

「へい」

「どんな野郎だ」

「それが、冴えない野郎でございやして、多木様の使いだと言えば伝わると申しておりやす」

「確かに多木だと言ったのですか」

問う剣馬に、宇佐治はうなずいた。

お圭が心配そうに訊く。

「剣馬さん、顔色が優れないけど、大丈夫」

剣馬は微笑んだ。

「懐かしい名を聞いて、少し驚いただけです」

「誰なんだい、その多木ってお人は」

探りを入れる辰正に、剣馬は答えた。

「桐山家の重臣だったお方で、亡き妻の遠縁でもあります」

お圭の表情が曇ったのをちらりと見た辰正が、剣馬に問う。

「まさか、連れ戻しに来たんじゃあるめえな」

「それはないと思いますが、話を聞いてきます」

剣馬は、多木が妻のことを気にしているのだと思い、表に出た。待っていたのは、見知らぬ男だった。

頭を下げたのは景光だが、面識がない剣馬は応じて、用向きを訊いた。

「我があるじが、是非ともお話をしたいと申しております。そこまでご足労願えませぬか」

丁重（ていちょう）に誘う相手に従った剣馬は、懐かしく思いながら、男について足を運んだ。

案内されたのは、大川に浮かぶ屋根船だ。

景光が舳先（へさき）から乗り、障子を開けて中に入るよう促すのに応じた剣馬は、船に乗った。

障子を開けて中をのぞいた剣馬の目に飛び込んだのは、懐かしい顔だ。

亡き妻の母方の縁者の顔を見た剣馬は、込み上げる感情を押し殺し、頭を下げる。

「五年ぶりか」

声をかける多木に、剣馬はうなずいた。

「貞江のことは聞いた。まことに残念であったな。殿があのような目に遭わされなければ、今も明るく笑っておったろうに……」

しおらしく述べた多木は、目の下を拭う仕草をしつつ、剣馬の様子を探っている。

うつむいていた剣馬は、顔を上げて問う。

「多木様は、今どうしてらっしゃるのですか」

「まあ座れ。積もる話がある」

料理が並ぶ膳を示されて正座する剣馬に、多木は微笑みながら、火鉢にかけていた鍋の湯から熱燗のちろりを取り、杯を取るよう促した。

酌を受けて飲み干し、返杯する剣馬に、多木は重々しく告げる。

「殿が成敗されて今日まで、わしは一日たりとも綱豊を恨まぬ日はなかった。お前はどうじゃ」

改心したとは言えぬ剣馬は、

「わたしもです」

多木に話を合わせるようにうなずく。

すると多木が、満足したような顔をして続ける。

「わしは今、綱豊を討つための支度にかかっておる。軍資金がまだ足りぬゆえ、集める手伝いをしてくれぬか」

「多木様のためならば、力になりましょう」

快諾した剣馬は、多木が次に述べた言葉に耳を疑った。

「今、なんとおっしゃいました」

多木は表情を険しくして繰り返す。

「強欲で卑しい商家から、金を奪うのだ。明日の夜、今から言う場所に来てくれ。綱豊を討つには、兵を雇う金がいるのだ。手を汚すことにはなるが、貞江の仇討ちと思うて、我らに力を貸してくれ」

剣馬は動揺した。だがそれを悟られれば、おそらく帰らせてはもらえぬ。

先ほどまでは、案内した男を冴えぬ奴だと思っていたが、障子一枚を隔てていても、ただならぬ気配が伝わってきた。

真顔を多木に向けた剣馬は、うなずいた。

「わかりました。共に、遺恨を晴らします」

多木は、ようやく穏やかな表情を見せた。

「そう言うてくれると思うておった。貞江のためにも、必ずや綱豊を討ち果たそうぞ」

杯を交わした剣馬は、明日の約束をして船を下り、一人で帰った。

裏から入ると、勝手口で待っていたお圭が駆け寄った。

「お帰りなさい。なんの用だったの」

すっかり女房面をするお圭に、剣馬は微笑んだ。

「ここに入るのを見かけて、酒を飲みながら話をしたくなったそうです。貞江のことを悲しんでおられましたが、今の暮らしを話したら、安心してくださいました」

お圭は、恥ずかしそうに訊く。

「わたしたちのことも、話したの」

剣馬は首を横に振った。

「まだ決まったわけではありませんから」

お圭は一瞬寂しそうな顔をしたが、すぐに明るい笑みを浮かべて、

「それもそうね」

と言い、夕餉の支度に戻った。

野菜の煮物を作るというお圭を手伝い、剣馬は井戸端で蓮根を洗った。ひとつ洗ったところで、明日のことが頭に浮かび、手が止まる。

どうすべきか考えていると、通りかかった宇佐治が声をかけてきた。

「お嬢さんの手伝いですか」

剣馬は手を動かして微笑む。

「こうしていると、妙に落ち着くのです」

「顔色が優れないようですが、お嬢さんとのことを悩んでおいでですか」

「いや……」

「親分のせっかちにお困りなのでは？」

妻を亡くしてまだ一年も経たず、逆恨みに我を忘れて左近を斬ろうとした剣馬だ。宇佐治が心配してくれるのも無理はない。

多木から誘われたと言えるはずもなく、剣馬は適当にごまかした。

そして、一晩考えて答えを出した剣馬は、翌朝早く、皆には何も告げずに、一人で出かけた。

第三話　遺恨の罠

一

曲者を取り逃がしたことを詫びるかえでを、左近は責めない。小五郎の配下が二人も命を落としたのを見ても、相手は油断ならぬ遣い手が揃っているからだ。今江戸を騒がせている凶悪な盗賊だとは、この時左近は考えていない。

そんな左近を驚かせたのは、昼前になって訪ねてきた岩城泰徳だ。早舟を雇い、浜屋敷の近くから上陸したと言う泰徳は、珍しく息を切らせていた。

それだけに、ただならぬ事態だと察した左近は、話があると言う泰徳を小五郎の煮売り屋に誘い、客がいない店の中で向き合った。

水を飲み干した泰徳に、左近が問う。

「何があった」

泰徳は心配そうに告げる。

「今朝早く、岡光剣馬殿が訪ねてきた。桐山摂津守の改易以来、行方をくらましていた重臣の一人が、繋ぎを取ってきたそうだ。名は、多木甲才と申していた」

左近は名を聞いて、小五郎を見た。

控えている小五郎は、険しい顔をしてうなずいた。

「それは厄介だな」

泰徳が問う。

「剣馬殿は元上役としか言わなかったが、知っているのか」

左近はうなずいた。

「桐山摂津守の知恵袋として悪事を重ねていたのが、多木甲才だ。桐山よりも、この者を捕らえて成敗すべきであったが、一足違いで逃げられてしまい、以来行方がわかっていなかった」

「そうだったのか。剣馬殿は、そのことを知らぬのか」

「改易ののちに出てきた裏帳簿で発覚したことゆえ、知らぬかもしれぬ。剣馬におれの命を狙わせたのは、多木ではなかろうか」

「それは違うと思うぞ」

泰徳が渋い顔で続けた。

「多木は剣馬殿に、商家に押し込む手伝いをするよう誘ってきたそうだ。わたしに慌(あわ)てて知らせに来たのは、商家の者を皆殺しにして大金を奪うと言われたからだと申していた」

左近は驚いた。

「それはまことか」

泰徳は真顔でうなずく。

「今江戸中の商人を恐れさせている、凶悪な盗賊かもしれぬと考え、おぬしの耳に入れるべきだと思ったそうだ」

「まさに……」

左近は泰徳に、お益の話を聞かせた。

黙って聞いていた泰徳は、顔を真っ赤にして憤慨した。

「惨(むご)いことをする者どもだ。押し込むのは今夜だと言われた剣馬殿は、断れば殺されると思い、従うしかなかったそうだ」

左近はうなずいた。

「よい判断だ」

「この機を逃す手はない。共に捕らえよう」

勇む泰徳に、左近は快諾した。

「待ち合わせの場所と刻限を聞いておるか」

泰徳が答えようとした時、小五郎が割って入った。

「殿、岡光剣馬は殿のお命を狙った者です。お知らせくだされた岩城殿には申しわけありませぬが、鵜呑みにせぬほうがよろしいかと」

罠を警戒する小五郎に、左近はうなずき、泰徳に言う。

「かと申して、放ってもおけぬ。泰徳はどう見た」

泰徳は腕組みをして考え、重々しく告げる。

「偽りを述べているようには思えなかったが、確かに小五郎殿の申すとおりだ。おぬしの目で確かめてくれ」

「では、道場で会おう」

左近は小五郎を供にして泰徳が待たせている舟に乗り、本所石原町へ向かった。

途中で下りた泰徳は、辰正の家の近くで遊んでいた子供に駄賃を渡し、剣馬に繋ぎを取った。

一足先に岩城道場に入った左近は、お滝に通された客間で剣馬を待った。小五郎は客間には入らず、用心のため庭に控える。

茶菓を持ってきたお滝は、世継ぎと決まった左近に対し、かしこまって頭を下げた。

「お世継ぎ、おめでとうございます」

よそよそしく感じた左近が告げる。

「お滝殿、これまでと変わらぬ付き合いをしてくれ。ここでは左近で頼む」

お滝はようやく表情を和らげ、肩の力を抜いた。

廊下を走る音がして、稽古着姿の雪松が来た。

「左近様、ようこそおいでくださいました」

左近は微笑む。

「少し見ぬあいだに、また背が伸びたな。目が輝いて、よい面構えだ」

「ありがとうございます」

嬉しそうな雪松は、身を乗り出すようにして願いを口にする。

「左近様、せっかくおいでくだされたのですから、一手ご指南を賜りたく存じます」

お滝がぴしゃりと言う。

「雪松、控えなさい。左近様は父上とお話がありまいられたのです」

するとと雪松が、眉根を寄せた。

「それは妙ですね、父は左近様とお話をしにお出かけになられたはずです。そういえば父がおりませぬが、もしや行き違いになられましたか」

心配そうな雪松に、左近が答える。

「いや、会うたぞ。泰徳は今、人を呼びに行っているだけだ。もうすぐ戻る」

「では、ご指南は難しいですか」

「すまぬな。またの折にいたそう」

肩を落とした雪松は、稽古を続けると言って道場に戻った。

左近は微笑んだ。

「雪松は、見るたびにたくましくなっている」

「身体が大きいばかりで、中身はまだ子供です。口だけは達者ですが」

物怖じせず、ずばずばと発言する雪松の姿が目に浮かんだ左近は笑った。

お滝は、困ったような笑みを浮かべている。

泰徳が戻ったのは、左近が茶を飲み終えた頃だ。後ろに続いていた剣馬が、庭の地べたで平伏した。

左近が声をかける。

「今は新見左近だ。そこでは話ができぬゆえ、上がりなさい」

「はは」

真新しい紺の袴の砂を払った剣馬は縁側から入り、下座で正座した。目を合わせず神妙にしている剣馬に、左近は問う。

「話は泰徳から聞いた。多木とはどこで落ち合う」

剣馬は、意を決した眼差しで左近を見てきた。

「今宵丑の刻(午前二時頃)、場所は、上野山の北側の麓にある、小さな祠でございます」

小五郎が疑いの目を向けながら問う。

「そのあたりに小さな祠はいくつもあるが、どの祠か」

「わたしが、ご案内いたします」

剣馬の真剣な目を見る限り、偽りではないようだと左近は思った。

小五郎がさらに問う。

「押し込む店の名は」

「落ち合ってから告げると言われました」

剣馬を誘ったのは偶然か、それとも、左近の暗殺をたくらむ黒幕の策か。

小五郎は、左近に案じる面持ちで告げる。

「わたしがまいります」

「いや、おれも行こう」

「手伝うぞ」

そう言った泰徳に、左近は真顔でうなずいた。

「小五郎、よいな」

まだ剣馬を警戒する小五郎であるが、泰徳もその気になっているためか、反論はしない。

左近が続ける。

「では、谷中の屋敷で時を待とう」

応じた泰徳は、お滝にむすびを作らせると言って座をはずした。

左近は、神妙な面持ちで座っている剣馬に声をかけた。

「多木が現れたのはともかく、日々の暮らしはどうだ」

「は、おかげさまで、穏やかに過ごさせていただいております」

「ならばよかった。多木は必ず捕らえるゆえ、関わるのは今日限りにしなさい」

「お心遣い、痛み入りまする」

平伏する剣馬に、左近は微笑んでうなずいた。

夜を待ち、刻限に合わせてぼろ屋敷を出た左近たちは、上野山の北側に向かった。用心のためちょうちんも松明も持たず、月明かりを頼りに、夜目が利く小五郎の案内で道を急ぐ。

剣馬が小五郎に教えたのは、樫の大木だ。その近くに、地蔵を祀った祠があるという。

小五郎は、あたりを警戒しつつ歩みを進める。

泰徳が後方を警戒し、左近は剣馬のあとに続く。すると剣馬が言ったとおり、樫の大木が月明かりの中で、黒い影を天に向けて聳えていた。

剣馬が言う。

「ここからは一人でまいります。賊が集まってくるかもしれませぬから、お隠れください」

左近たちは従い、月明かりの下で道からはずれ、祠が見える場所を選んで木陰に入った。

足を進めた剣馬は、樫の大木に身を隠して祠の様子を探った。だが、人の気配はない。

時が過ぎてゆき、約束の刻限になっても、誰一人として姿を現さなかった。

泰徳が左近にささやく。

「気づかれたのだろうか」

「もう少しだけ待とう」

左近は粘ったが、さらに一刻（約二時間）が過ぎても現れない。

剣馬はあきらめ、祠を離れた。

小五郎が迎えに行き、左近と泰徳がいる場所へは戻らず、上野山から去った。

二人の跡をつける者がいないのを確かめた左近は、泰徳とぼろ屋敷に戻ることにした。

左近は歩きながら、泰徳に言う。

「どうもいやな予感がしてならぬ。多木は剣馬が心変わりしたのを知り、場所を変えたのではないだろうか」

「あるいは、我らのことをどこかで見ていたかだな。いずれにしても、剣馬殿の身が危ない。しばらく、わたしが面倒を見よう」

「よしなに頼む」

左近は樫の大木に振り向き、賊の動きを心配しつつ引きあげた。

二

木葉は腰を浮かせるほど、快楽の渦に呑み込まれている。

柔肌を抱きしめて離さぬ大貞は、たぎる闘志をぶつけるように、激しく木葉を責めた。

脳天に突き抜けんばかりの絶頂にあえぎ、たまらず背中に爪を立てた木葉は、大貞を受け入れ、共に果てた。

胸に顔をうずめる大貞を優しく抱いた木葉は、幸せそうに微笑む。

庭に気配がしたのは、程なくのことだ。

木葉が気づくと同時に身を起こした大貞は、絹の寝間着をまとい、障子を開けて廊下に出ると、雨戸の隙間から外の様子をうかがった。

寝間着を着て出ようとした木葉を、大貞が止める。

「曲者ではない。休んでおれ」

はいと応じた木葉は、言われたとおり布団で横になった。

刀も持たず勝手口から出た大貞は、裏庭に置かれた箱に歩み寄る。

二つ置かれた箱の蓋を開けると、月明かりに映えるのは金色だ。二千両の小判を見て、大貞は目を細めた。

この二千両は、多木とその一味が、左近の予想どおり剣馬を仲間に引き入れるのをあきらめ、商家から奪った金の一部だった。多木が三島屋襲撃の失敗を知らせたあと、剣馬を仲間に入れようとしているのを知った大貞が、剣馬が心変わりしたことを教えていたのだ。

多木に金を集めさせ、左近を葬る刺客を大勢雇おうとしている大貞は、まんまと出し抜いたことに満足し、

「綱豊の悔しがる顔を見たかった」

などと言い、ほくそ笑む。そして、気配がある月影の闇に顔を向けた。

「この調子で、もっと金を集めよ」

「承知」

闇から返答が来て、多木の手下が去っていった。

今日は一日暇をもらっている大貞は、臥所に戻り、飲みかけだった冷えた酒を飲もうとした。

「熱いのを持ってまいります」

台所に行こうとした木葉の手を引いた大貞は、黙って酒を飲み干して横になり、温かい柔肌を抱いて眠りに就いた。

朝遅く目をさました大貞は、木葉が作った朝餉をとりながら、これからのことを考えていた。

綱豊をどう始末するか。

念頭にあるのはこれのみだ。あるじ綱教がどう思い、どう生きようとしているかなど微塵も考えておらず、邪魔者を排除し、主君を六代将軍の座に就かせることしか見えていない。

忠臣と言えなくもないが、そこにあるのは己の野望だけだ。

鶴姫が存命の時は、綱教が六代将軍になると信じて疑わず、側近である己は幕閣に名を連ね、いずれは老中首座にのぼりつめ、この国を己の手で動かすのを夢見ていた。

その夢は、現実になるはずだった。鶴姫がこの世を去っても、綱豊は将軍になる気がなく、若造と見くだしている尾張藩主など、選ばれるはずもないと信じていたのだ。

その大志が瓦解した。

綱豊に決まったと知らされた時、大貞は生まれて初めて、人を妬んだ。その気持ちは憎悪となり、己の野望を果たすための手段を選ばぬようになっている。

理性を失っているのでは決してない。悪いことをしているとも思っていない。なんとしてでも、主君を江戸城に……。

これは、大貞にとっての大義であり、正義なのだ。

「横取りした綱豊を、生かしてなるものか」

憑かれたように策を考えている大貞のもとへ、木葉が来た。

「殿、多木とおっしゃる殿方がまいられ、目通りを願われてございます」

表情を穏やかにして振り向いた大貞は、目を細めて答える。

「そうか、わしが迎えに出よう。藩政について大事な話があるゆえ、呼ぶまで来てはならぬぞ」

「はい」

木葉が笑みを浮かべて下がると、大貞は多木を迎えに表へ出た。

紋付袴を着て紀州藩士になりすましている多木は、大貞の招きに応じて草履を脱いだ。

客間で向き合うと、多木は含み笑いを浮かべながら口を開く。

「土産（みやげ）は、気に入っていただけましたか」

「上々である。どこを襲うたのだ」

「赤坂の米問屋です」

「上野の、例の場所へ誰ぞ行ってみたのか」

多木はくつくつと笑った。

「手下を山に潜（ひそ）ませておりました。やはり貴殿がおっしゃるとおり、剣馬は一人ではありませなんだ」

「綱豊配下の、甲州者を連れてまいったか」

「それはわかりませぬが、闇に数名が潜んでいたそうで、その者どもは谷中の屋敷に入ったそうです」

「危ないところであったな」

「おかげさまで、助かりました」

「兵を集めるには、まだ足りぬ。引き続き頼むぞ」

口を開こうとした多木は、気配に目を向けた。鶯張（うぐいすば）りに改装している廊下が鳴り、人影が障子の前で座る。

「大貞様、古藤にございます」

「入れ」

「はは」

障子を開けた古藤は、多木がいたので驚いた顔をして、ためらいの目を大貞に向けてきた。

「慌てていかがいたした」

多木を気にして逡巡（しゅんじゅん）する古藤を、大貞が促（うなが）す。

「多木は我らの同志だ。構わぬから申してみよ、何があった」

入って障子を閉めた古藤は、そばに寄って座し、小声で告げる。

「綱豊の西ノ丸入りが、師走（しわす）の二十八日と決まりました。それだけではありませぬ、甲府の地が召し上げられ、柳沢様のご領地となることが決まったそうにございます」

これは、左近の世継ぎが動かぬ事実であると改めて知らしめるものだ。

大貞は悔しがり、拳（こぶし）を畳にたたきつけた。

「おのれ綱豊め」

歯ぎしりする大貞に、古藤が恐る恐る続ける。

「まだあります」

「なんだ、早う申せ！」

「元大目付の篠田山城守の家来が、綱豊襲撃に我が紀州藩の関わりを疑い、探りを入れているようです」

「何！」

大貞は焦りの声をあげ、きっと多木を睨む。

多木は真顔で言う。

「わたしをお疑いか」

「わしのたくらみが漏れるとすれば、そのほうしかおらぬ」

すると古藤が割って入った。

「ご安心ください。探りを入れておるというても、中間に酒を飲ませて話を聞く程度のことで、我らの殿を疑っているようではありませぬ」

「その油断が命取りじゃ」

厳しく言う大貞に、多木は狡猾そうな面持ちで告げる。

「わたしに、疑いを晴らすよい考えがございます」

「聞こう、どのような手だ」

多木は大貞に近づき、知恵を授けた。

「紀州藩の御用商人の一人である藤東殿介から、金を奪うのです」

「なっ」

大貞は絶句し、古藤が慌てて言う。

「何を言うか。おぬし、藤東殿介が何者か知って申しておるのか」

多木は、薄い笑みさえ浮かべて答える。

「元は紀伊の豪族でしたが、殿介の祖父が商いをはじめ、紀州徳川家初代頼宣侯の代から御用商人を務め、苗字帯刀も許されたお家でございましょう」

「そのとおりだ。藤東殿介の紀伊屋は、我が藩にとっては、なくてはならぬ存在だ。わかっておるなら、馬鹿なことを申すな」

叱る古藤に、多木は鋭い目を向けて告げる。

「なればこそ、申し上げておる」

「なんだと」

「紀伊屋は、言うてみれば紀州藩の隠し金庫でありましょう。違いますか」

目を向けられた大貞は、睨み返した。

「どこまで調べておる」

「そうですな、たとえば四谷にある紀伊屋の金蔵には、五万両とも十万両ともいわれる小判が蓄えてあり、さらには、有事の折に紀州藩の求めに即応できるよう、藩邸で数多く持つことを禁じられている鉄砲まで用意してある。とまあこれは、あくまでわたしの当て推量にすぎませぬが」

大貞は苦笑いを浮かべた。

「その推量がまこととして、何ゆえ藩の肝をえぐり出すような真似をする」

古藤が続く。

「紀伊屋には、大貞様も関わっておられるのだぞ」

「古藤が申すとおりじゃ。金蔵を荒らされたとなれば、わしの首が危ない」

多木は、大貞の目を見据えて告げる。

「命に関わるほど大事な御用商人が襲われたとなれば、大貞殿が裏で糸を引いておるとは思わぬのではありませぬか」

大貞は、ごくりと喉を鳴らした。口はからからに乾いており、空唾だ。額から流れた汗を拭い、返答に窮した。

悩む大貞に、多木が言い放つ。

「元大目付が優れた者であれば、軍資金が貯まる前に討たれましょう。ここは、賭けに出るしかありませぬ。紀伊屋の金と武具を手に入れれば、綱豊を襲うのに十分な軍勢を整えられますぞ」

「軍勢だと？　何人集める気だ」

問う古藤に、多木は即答する。

「三百人もおれば十分かと」

少数精鋭で襲わせるつもりの大貞は、

「それでは大ごとになる」

と言って、拒否した。

すると多木は、蔑んだ笑みを浮かべた。

「腰抜け」

「貴様、愚弄するか！」

怒鳴る古藤に、多木は冷たい目を向ける。

「わしは、手を引かせていただく」

立ち上がりかけた多木を、大貞が必死に引き止める。

「待て、おぬしの言うとおりだ。紀伊屋の金を手に入れよう」

古藤が慌てた。

「大貞様、紀伊屋を失えば、切腹を命じられる恐れがありますぞ」

大貞は渋い顔で答える。

「紀伊屋に関わっておるのは、わし一人ではない」

古藤が詰め寄るように言う。

「よい策がおありですか」

「すぐには思いつかぬ」

苛立つ大貞に、多木が口を挟む。

「紀伊屋を襲うのは、今江戸を騒がせておる賊です。すべての責任が大貞殿にないのなら、たかが商家が潰されたくらいで、切腹を命じられやしますまい」

古藤は顔に怒気を浮かべた。

「たかが商家ではないから申しておるのだ」

「では、やめますか」

多木に決断を促された大貞は、首を横に振った。

「おぬしが申すとおり、疑いの目をそらすには犠牲がいる」

「大貞様……」

「言うな。このままでは、元大目付が我らに辿り着く。多木殿、紀伊屋をやれ」

「承知いたしました」

下がる多木を見送った大貞は、心配する古藤に告げる。

「案ずるな。誰にもわしの邪魔はさせぬ」

三

しんと静まり返り、外は凍(い)てつく寒さだ。

臥所(ふしど)にいる奉公人の女たちは、下は十五歳から上は三十歳で、六人が一部屋で眠っている。

三十歳の女は眠りが浅く、気配にゆっくりと瞼(まぶた)を開けた。じたばたするような音がしているのに気づいてそちらを見た女は、有明行灯(ありあけあんどん)の頼りない明かりの中、黒い人影が、十五歳の娘の顔を押さえつけているのを見て目をこらした。鼻と口を押さえられ、苦しんでいる。

はっとして起き上がった刹那(せつな)、女は口を塞(ふさ)がれ、胸から刀の切っ先が突き出た。背中から貫(つらぬ)かれ、ぐったりと横たわった女の目の前に、可愛がっていた十五歳の娘が倒れ込んできた。

光を失った黒目を見て、女は手を差し伸べたのだが、息絶(いきた)えてしまった。

六人の女たちを無惨に殺めさせた多木は、廊下に逃げてきた手代の喉笛を一閃し、奥へと進む。

男たちが休んでいた臥所では、別の手下が皆殺しにし、多木に続く。

多木の前に景光が現れ、さらに奥へと進む。そして、殺気に応じて立ち止まった景光の眼前に、障子を突き破って手槍の穂先が出された。

柄をつかんだ景光が刀を突き入れると、座敷から呻き声がした。景光が刀を引き抜くと同時に、障子を血飛沫が染めた。

「おのれ！」

怒鳴り声と共に障子を蹴破ったのは、用心棒をしていた浪人だ。

廊下に出てきて、賊どもを成敗せんと刀を振り上げた刹那、景光が投げ打った刃物が喉に突き刺さった。

呻いて膝をつく用心棒を蹴り倒した手下が、奥へと進む。

障子を開けたが、八畳の臥所には布団も敷かれていない。

景光が多木に言う。

「あるじがおりませぬ」

「留守か。まあいい、急げ」

ははと応じた景光の差配で、手下たちが金蔵に取りついた。

景光が錠前に細い金具を二本挿し込み、当たりを探ると程なくはずれた。

手下が戸を開けて中に入り、千両箱を次々と運び出す。

助っ人として加わっていた大貞の家来が、その手際のよさに舌を巻いている。

多木はその者たちを急がせ、金と武具を奪って紀伊屋から立ち去った。


紀伊屋のあるじの藤東殿介は、小鳥のさえずりで目をさました。

障子を開けて廊下に出てみれば、庭木の枝に無数の鳥がいる。枯山水は、昨夜のうちに降った雪で薄化粧され、黒めの石がいい味を出している。

ここは、上野にある葛野藩の別宅だ。

藩主松平頼方から歓待を受け、離れで一泊したのである。

冷たい空気が心地よく、藤東は息を深く吸い込んだ。

「藤東殿、殿が朝餉を共にと申されてございます」

昨日から世話をしてくれた侍女の声に、藤東は返事をして身支度を整え、廊下に出た。

待っていた侍女の案内で母屋に渡った藤東は、頼方に示されるまま向き合って座った。

元豪族とはいえ、今は商人にすぎぬというのに気さくに接してくれる頼方のことを、藤東は尊敬してやまない。頼方様が紀州藩主におなりになれば、すべてを捨ててお仕えするというのに、などと、会うたびに思うのである。

その頼方が、朝粥を食べながらこう告げた。

「殿介、昨夜申していた件であるが……」

その先を濁す頼方に、藤東は箸を置き、満面の笑みで応じる。

「明王朝の青磁皿でございますね。のちほどお持ちいたしまする」

「いや、余が共にまいろう」

藤東は驚いた。

「殿様が、手前どものような店に下向されるとおっしゃいますか」

頼方は白い歯を見せて笑った。

「昨日、さんざん自慢話を聞かされたからな。おぬしが持っておる、大陸より伝わるお宝の数々を見とうなった」

「なんという誉れでございましょう。喜んでお迎えいたしまする」

笑った二人は、急いで朝餉をすませた。

先に玄関先で待っていた藤東は、出てきた頼方の身なりを見て困惑した。黒の小袖と無紋の羽織に、袴も黒で揃え、編笠を持っていたからだ。

「殿、そのお姿は……」

「浪人に見えるか」

「はい」

「それでいい」

嬉しそうな頼方に、藤東は首をかしげる。

「どうしてそのような身なりをされるのですか」

頼方は、機嫌よさそうな顔で答える。

「こうしておると、見えぬものもよく見える、と思うたまでじゃ」

意味がわからぬ藤東は、また首をかしげながら、笑って出かける頼方のあとに続いた。

四谷に戻った藤東は、すっかり表通りはにぎやかになっているというのに、紀伊屋の表の木戸が下ろされたままなのを見て驚いた。

「どういうことだ」

そう独りごち、頼方を追い抜きざまに頭を下げ、先に戻ろうとしたのだが、腕をつかまれた。

「待て」

険しい声音に、藤東が振り向く。頼方は眉根を寄せ、店を睨むように見ている。

「いつもなら、とっくに商売をはじめておるのか」

「はい」

「裏へ回るぞ」

そう言われて、藤東ははっとした。

「まさか、賊」

「急げ」

頼方は路地に入った。

「あってはならぬ、あるものか」

自分に言い聞かせるようにつぶやいた藤東が路地を走り、裏木戸の前に立った。無事を祈りながら戸を押すと、すんなり開いた。いつもは用心のため、閂を落としている戸だ。

動揺しながら戸を潜った藤東は、開けたままになっている台所の勝手口から足を踏み入れ、血の臭いに顔を歪め、草履を脱いで奉公人の部屋に急いだ。

殺された女たちの骸を目にした藤東は、悲鳴をあげて尻餅をついた。

可愛がっていた奉公人たちの無惨な姿に取り乱した藤東の着物をつかんだ頼方が、平手で頬を打った。

「しっかりしろ」

その一喝で我に返った藤東は、悲しみに耐えて立ち上がり、命にかえてでも守らねばならぬ蔵へと向かった。

途中、番頭や手代たちの部屋を見た藤東は、ふらつきながら廊下を奥へ行き、内蔵がある部屋に入り、破られた蔵の前にへたり込んだ。胸が苦しいのか、片手を板の間につき、もう片方の手を胸に当てて呻き声をあげる。

その肩にそっと手を置いた頼方が、蔵の中を確かめに入り、程なく出てきた。

「中に何があったか知らぬが、すべて奪われておるぞ」

突っ伏した藤東は、震える声で告げる。

「七万両、貯めてございました」

頼方は表情を変えず、木戸を開けはなった。庭の先にある外蔵も、戸を破られている。

それを見た藤東は、卒倒しそうになりながら蔵の中に入り、悲鳴に近い声をあげた。

横に来た頼方が問う。

「ここには何があったのだ」

「藩の有事に備えていた武具にございます」

槍一本も残されていない悲惨な状況に、藤東はもはや涙も出ぬようだ。

呆然と膝をつく藤東を尻目に、他の蔵を調べた頼方が戻って告げる。

「他の蔵も荒らされておるが、物は残っている」

「手前の蔵は米です。奥のは、殿にご覧に入れようとした道具などを入れてございます」

力なく立ち上がり、蔵の中を確かめた藤東は、割れた磁器の破片を拾って見せた。

「これが、そうでした」

頼方が言う。

「賊はお宝に疎いか、あるいは狙いをごまかすために、この蔵を破ったのかもしれぬ」

「初めから、金と武具が狙いだったということですか」

「他の蔵に手を出しておらぬのを見ても、そうとしか思えぬ。内情に詳しい者の仕業(しわざ)と考えてよかろう。心当たりはないか」

目の下を手の甲(こう)で拭った藤東は、大きく息を吸って吐き、気持ちを落ち着かせて頼方に向いた。

「蔵の中身を知る者は、番頭と年長の手代だけにございます」

「その者たちは、中におるのか」

「皆、殺されてございます」

「では、脅(おど)されて蔵に導いたあとに殺されたか」

頼方の読みに、藤東は首を横に振る。

「藩の有事に備えて蓄えていたものですから、番頭と手代は死んでも教えなかったはずです。その証拠に、二人とも布団の中で死んでおります」

頼方に促された藤東は、辛(つら)い気持ちをこらえて部屋に戻り、動かぬ番頭と手代の骸(むくろ)を示した。

布団で仰向(あおむ)けの二人は、寝ているあいだに襲われたらしく、番頭は喉を、手代は胸をひと突きで命を奪われていた。

「殿介の言うとおり、この二人は、死んだことにも気づいておらぬかもしれぬ」

「まさに……」

「だが、賊は金蔵と武具蔵にしか手を出しておらぬ。他に、内情に詳しい者はおらぬのか」

藤東は、返答に窮した。

頼方が厳しい顔で問う。

「知っておるのは、紀州藩の者なのだな」

「はい。ご存じなのは、三人のご重臣しかおられませぬ」

名を聞いた頼方は、それは厄介だとつぶやいた。

「下手に動けば、そのほうの首が危ない」

「家族同然の者たちを皆殺しにされて、黙ってなどおられませぬ」

目を赤くして訴える藤東に、頼方が重々しく告げる。

「そのほうは動くな。この件は、おれが調べる」

「綱教様がご機嫌をそこねませぬか」

「まあ見ておれ。重ねて申すが、勝手に動くでないぞ」

「なんでもいたしますから、お指図をください」

うなずいた頼方は、藤東を藩邸に連れて戻り、家来に命じて町奉行所が関わらぬよう手配し、紀伊屋の奉公人たちをねんごろに葬(ほうむ)った。

四

翌朝、多木は大貞の別宅を訪ね、密談をはじめた。

「手に入れた金は七万両です。武具は主に刀と槍、それに弓もありますが、貴殿が申されていた鉄砲はありませなんだ」

「藩邸に入れたのやもしれぬ」

残念がる大貞に、多木が勢い込んで告げる。

「これだけあれば十分です。ただちに兵を二百人集めます」

左近が谷中のぼろ屋敷にいるのを突き止めていた大貞は渋った。

「綱豊は、守るに不利なぼろ屋敷におるのだ。少数精鋭で囲み、一気に襲うべきだ」

多木は舌打ちをした。

「それでは、金と武具を奪った意味がありませぬ」

「意味はある。今集めておる二十人は、安くはない。武具とて必要じゃ」

「二十人ですと」

「さよう。二百人もの大人数では、動きを悟られる」

「つまらぬ考えです」

多木は馬鹿にするも、大貞は引かぬ。

「わしの考えでやる。よいな」

多木はため息をついた。

「仕方ない。お手並み拝見といたしましょう」

「金と武具はどこにある」

「五カ所の隠れ家に分けて隠しております。二十人ならば、これまでお渡しした金で足りましょう」

「武具だけでもよこせ」

「承知しました」

大貞は、控えている菅武臣に命じた。

「多木とゆけ」

「はは」

菅は刀を持って立ち、多木に頭を下げた。

多木は不承不承に応じて、菅に続いて別宅をあとにした。

菅が向かったのは、四谷にある立派な建物だった。

二階造りの家を見て、多木が菅に問う。

「ここはなんだ」

「元は旅籠でしたが、売りに出ていたのを殿が目をつけられ、名を伏せて手に入れられたのです」

中を見た多木は、部屋数も多く、外からは見えにくい造りに満足したようにうなずく。

「なかなかよい隠れ家だな」

菅は微笑み、多木を奥へと誘った。

中庭を囲むように並ぶ客間には、集められた者たちが暮らしていた。

菅が大広間に集まるよう声をかけると、人相の悪い男たちが応じて、部屋から出てきた。

男たちの歩く姿に目をやった多木は、足の運び方を確かめ、

「なかなか使えそうだな」

と、剣の技量を見抜いた。

「どこで拾うた」

多木が問うと、菅は真顔で答えた。

「江戸中の盛り場に足を運び、金に困っていそうな者を当たったのです。簡単に裏切りそうな者は一人もおらず、雇い主に忠実な人柄を選んでございます」

「短いあいだに、よう見つけたな」

「地震で家来を失ったお家への仕官を狙い、日ノ本中から浪人が集まっておるのです」

「なるほど、では二百人集めるのも、わけはないな」

「その必要はありませぬぞ。綱豊は、今日必ず討ち取ります」

強気の菅は大広間に入り、皆の前に立った。

「お前たちの腕を存分に振るう時が来た。狙うはただひとつ、徳川綱豊の首のみだ」

一同から、どよめきが起こった。

菅が続ける。

「首を取った者には、二千両の褒美(ほうび)を与えよう」

大金と聞き、やってやろう、金はいただくと口々に言って勇み立つ浪人たちの中から、一人の男が前に出てきた。

総髪の男は目つきが鋭く、立ち姿にまったく隙がない。

菅が男に声をかける。

「芦沢殿、二千両では足りぬか」

「いや、十分です。ただ、ひとつお尋ねしたい」

「なんだ」

「あなた方は、紀州藩のご家中ですか」

この問いに、他の浪人たちは静まり返った。

菅が表情険しく問う。

「芦沢殿、そなたは金で雇われた身であろう。そのようなことを聞いてどうする」

芦沢は懐から銭入れを出して、畳の上に置いた。

「もし紀州藩のお方ならば、いただいた金と、褒美の金もいりませぬ。そのかわり、それがしが綱豊侯を討ち取った際には、召し抱えていただきたい」

「それは妙案だ。わしも頼みます」

おれも、拙者もと続く浪人どもを落ち着かせた菅は、静かな口調で告げる。

「残念ながら、我らは紀州藩の者ではない。綱豊に殺された旗本、桐山摂津守の元家来だ」

一同は困惑したような顔をした。芦沢が代表して口を開く。

「我らと同じ浪々の身であるそこもとが、二千両もの大金を出せるのか」

今までとは別人のように鋭い目を向ける芦沢は、返答次第では斬るとばかりに、左手を刀に添え、親指を鍔に当てた。

「金はある」

答えた多木が、皆の前に立って告げる。

「やる気が失せた者は去れ。かわりはいくらでもおる」

芦沢は多木を睨んだが、ふっと笑みを浮かべた。

「ちと、淡い夢を抱いたまでよ。金さえもらえればそれでいい」

他の浪人たちも、誰一人として去る者はいない。

多木は下がり、菅に告げた。

「谷中の屋敷の近くに、隠れ家を用意しておる。これよりわしの手下が案内するゆえ、先に行ってくれ。あとで武具を届ける」

言い終えた多木の背後に、景光が来て片膝をついた。

菅はうなずく。

「承知した。皆の衆、行こう」

応じた芦沢たちが、菅に続いて隠れ家から出ていくのを見届けた多木は、別の道に走り去った。

景光が案内したのは、善光寺坂(ぜんこうじざか)の下にある、古びた仕舞屋(しもたや)だった。まさに、谷中のぼろ屋敷とは目と鼻の先と言えよう。

「この坂をのぼったところに、綱豊がいる」

こう述べた景光が、油断なく見張りがいないのを確かめ、一同を隠れ家に入れた。

日が暮れる前に腹ごしらえをした芦沢たちは、多木が届けた武具を見て奮(ふる)い立った。

「どれも、見事なこしらえだ」

黒光りがする胴具を取り出し、新品の刀と槍を手にした仲間たちが、食い扶持(ぶち)のない己たちの境遇に対する鬱憤(うっぷん)をぶつけるように、綱豊を討つと気勢(きせい)をあげた。

そのうちの一人が、外を見て顔をしかめた。

「風がやけに冷たいと思っていたが、雪が降ってきたぞ」

積もりはじめた雪を見た芦沢が、皆に言う。

「確か、赤穂浪士が吉良を討ち取った日も雪であったな。我らの相手は、吉良とはわけが違う大物だ。赤穂浪士よりも派手に暴れて、のちの世に名を残そうではないか」

「おう！」

場の空気を読んだ菅が、皆に提案する。

「どうであろう、総大将は芦沢殿がよいと思うが」

「異存なし！」

「右に同じく」

声を揃える一同に、芦沢はまんざらでもなさそうだ。

菅は芦沢の肩をたたき、決意を込めた面持ちで告げる。

「共に、綱豊を討ちましょうぞ」

「うむ、腕が鳴る」

張り切った芦沢は、赤穂浪士の行動を真似て夜中の討ち入りを決め、皆に休むよう命じた。

雪は夜が更けてやんだが、大人の足首ほど積もっている。

気を張りつめ、黙然と待っていた芦沢は、菅に促されて立ち上がった。

「方々、いざまいろうぞ」

防具を着け、槍や弓を手に応じた浪人たちは芦沢に続いて外に出ると、明かりも持たず雪道を進んだ。

善光寺坂を駆け上がった二十人の刺客は、左近のぼろ屋敷を囲む。

機をうかがった芦沢が、右手を上げ、門に向かって振り下ろした。

「かかれ！」

一人が掛矢を打ち下ろすと、薄い門扉が砕け散った。

「造作もない！」

笑った一人が、綱豊もすぐ討ち取れると嘯き、槍を振るって先陣を切った。

表の戸を蹴破り、槍を構えて突入するも、屋敷の中は誰もいない。

「どういうことだ！」

一番槍が出てきて、誰もおらぬと告げた時、冷え切った夜空に、呼子の乾いた音が響いた。

「おう！」

鬨の声のような大勢の叫びが夜空を揺るがし、わっと気合をかけた者たちが夜道に現れた。

又兵衛と四人の家来が率いる総勢百名の捕り方が、表と裏を挟み撃ちにする。

芦沢は叫んだ。

「罠だ！　引け！」

刺客どもはたちまち浮き足立ち、我先に逃げようとしたのだが、表門の前に流れるように来た手勢が、一斉に鉄砲を構えた。

今にも撃たんとする気配に、芦沢が槍を捨てて両膝をつき、陣笠を着けている又兵衛に命乞いをした。

「我らは金で……」

そこまで訴えた時、鉄砲隊のあいだを走った矢が喉に突き刺さり、即死した芦沢は雪に顔をうずめた。

それを見て、捕り方に殺されたと思い込んだ仲間たちは、我を忘れて襲いかかってきた。

脅しの鉄砲を構えていた者たちは下がり、又兵衛は四人の家来に、取り押さえるよう命じた。

捕り方と浪人どもは激しくぶつかり、ぼろ屋敷の前の道は騒然となった。

一人、また一人と捕らえられるのを建物の屋根から見ていた景光は、

「お頭が言いなさったとおりになったか」

そう言って片笑み、雪が積もる屋根から飛び降りると、弓を捨てて走り去った。

五

左近は、刺客どもの襲撃を桜田の藩邸で聞いた。

戻った又兵衛をねぎらい、そばに控える間部に告げる。

「松平頼方殿に礼の文を書くゆえ、届けてくれ」

「承知いたしました」

又兵衛が言う。

「捕らえた者どもを調べましたところ、地震のあとに仕官先を求めて江戸に入った浪人ばかりで、暮らしていた長屋の者に訊きましても、間違いありませなんだ。仕官が叶わず、食うてゆくため金に目がくらんだと申しております。雇ったのは桐山摂津守の元家来だそうですから、おそらく多木甲才でありましょう。襲撃を警戒するよう知らせてくだされた頼方殿は、どこで話をつかんだのでしょうか。使者は、なんぞ申しておりましたか」

間部は首を横に振った。

「そこを重ねて問いましたが、使者も知らぬようでした」

又兵衛は渋い顔をした。

「頼方殿は、何かをつかんでおるはず。殿、これはやはり、紀州が絡んでおるのやもしれませぬぞ」

間部が異を唱える。

「紀州は頼方殿のご実家です。刺客に関わっておれば、殿に知らせるにしても、頼方殿の名を伏せられるのではないでしょうか」

左近はしばし考え、二人に告げた。

「あるいは、頼方殿も黒幕をつかめておらぬのかもしれぬ。いずれにしても、このたびは助けられたのだ。紀州への疑いは一旦置き、礼をいたそう」

筆と紙を手にした左近は、礼の手紙をしたため、間部に持たせた。

又兵衛が両手をつく。

「殿、西ノ丸入りが近うございます。ぼろ屋敷へお戻りになるのはおやめくだされ」

「そういたそう」

「おお、聞いてくださりますか」

喜ぶ又兵衛に、左近は言う。

「そのかわり、捕らえた浪人たちには、寛大な処置を頼む」

「心得ました。皆深く悔いておりますから、殿のご慈悲をもって、遠島を申しつけますする」

左近はうなずき、二人の重臣を送り出した。

入れ替わりに部屋に来たのは、新井白石だ。左近が呼んでいた。

座して平伏した白石に、左近は穏やかに切り出す。

「西ノ丸に入る気になったか」

「お断りいたします」

即答する白石に、左近は笑った。

「そう言うであろうと思うていた」

「塾生がおりますゆえ、平にご容赦を。そのかわり、身を賭して、殿のお力になりまする」

「堀の外からか」

「それがしにご用の折は、間部殿をお遣わしくだされ」

学問を第一とする白石は、まったく城に入る気はないようだ。

それはそれで、白石らしいと思った左近は、重ねて誘わず、まして、主君として強く命じるつもりもない。白石を塾生から取り上げるのは、日ノ本の損失になると考えたからだ。

将軍になったあかつきには、この白石に政をまかせてもよいと考えている左近は、

「堀の外で、世の中をしっかり見るのもよかろう」

こう述べ、自ら茶を点てて優秀な学者をもてなした。

一服した白石が、改まって口を開く。

「谷中の屋敷を襲撃されたと聞きましたが、くれぐれも御身を大切にしてくだされ。塾生たちが、殿が将軍になられる日を心待ちにしております」

「この国の行く末のために、しっかりと育ててくれ。足りぬ物があれば、間部になんなりと申しつけよ」

「はは」

「そなたを今日呼んだのは、他でもない」

左近は、西ノ丸に入るにあたり、柳沢の手に渡る甲府から家臣とその家族を呼

び寄せるつもりでいるが、子供たちのために、教育の場を設けようと考えていた。

これには、白石も大いに賛同した。

「殿にお仕えする者たちの子は、いずれ幕臣となるのですから、甲府の山の中で育ったままではなりませぬ。その者たちが活躍できるよう、しっかりと学ばせましょう」

白石の豊富な知識に期待している左近は、さらに告げる。

「江戸に来るのを喜ぶ者もいれば、そうでない者もおる。一部は天領になるゆえ、国許を離れたくない者はそちらに移そうと思うが、どうか」

「殿が将軍におなりあそばせば、残る者は天領の民として仕えることになりますから、許されてもよろしいかと」

「では、そのようにいたそう」

胸のつかえのひとつが取れた左近は、晴れ晴れとした気分で、帰る白石を見送った。

お琴の顔が見たくなったが、賊のことが頭をよぎり、思いとどまった。そこへ、見計らったようにおこんが来た。

「殿、湯殿のお支度が整いました」

「もう、そのような刻限か」

まだ外は明るい。

「早いようだが」

「お琴様のところへまいられるのでしたら、お入りください」

谷中の屋敷に戻らぬと聞いたのだろう、明るく言うおこんに、左近は微笑んだ。

「今日は行かぬ。だが、せっかくなので入ろう」

湯殿に向かった左近は、ゆっくり浸かった。

「殿、お背中を流します」

おこんはそう声をかけて入ってきた。薄い着物の裾を端折り、襷をかけて、髪を白い布で隠している姿は、湯気でよく見えぬ。

これまでも何度か背中を流してもらっている左近は、気心が知れたおこんに疲れを取ってもらいながら問うた。

「お益はどうしている」

「皐月様に、日々鍛えられております。西ノ丸にお連れになるのですか」

「賊が捕らえられれば、親元に戻してやろうかと思うていたが、皐月はそのつもりでいるのか」

「はい。器量もよい子で、覚えもわたしよりずっと早いから、御殿で殿のお世話をさせるおつもりのようです」

左近は驚いた。

「それは初耳だ」

「篠田様と、決められたようです」

包み隠さず言うおこんに、左近は笑った。

「お益がそれでよいならよいが」

「お益ちゃんは、喜んでいました」

おこんはそう言うと、桶（おけ）で湯をすくおうとして足を滑らせ、湯船に落ちそうになった。

左近が咄嗟（とっさ）に助けてやると、腕に抱くかたちとなり、おこんの顔が目の前に来た。

大きな目をまたたかせるおこんに、左近は微笑む。

「危ないところであったな。気をつけろ」

「はい」

左近が立たせてやると、おこんははだけた裾を整え、恥ずかしそうな顔をした。

湯殿から出た左近は、真新しい浴衣(ゆかた)を着て自室に戻り、休む間もなく国許に送る書状をしたためた。

身支度を整えたおこんがあとから来て、左近にぬるめの茶を出した。

湯殿で世話をしていたため、おこんは暑いのか、顎(あご)から首にかけて汗を浮かべている。

「ここはもうよいゆえ、下がって休みなさい」

左近が気を使うと、おこんは微笑んで応じ、部屋から出ていった。

廊下から真衣(まい)の声が聞こえてきたが、内容までは聞き取れない左近は、気にすることもなく筆を走らせている。

この時真衣は、顔を赤らめて、火照(ほて)った身体を手であおぎながら廊下を歩いているおこんに、どうしたのかとしきりに訊いていた。

左近の腕に抱かれたなどと言えるはずもなく、なんでもないと言い張るおこんだったが、左近の背中を流したあとだけに、真衣は気になってしょうがないようだ。

「まさかおこんちゃん、お手つきがあったの」

などと口走る真衣に、おこんは真っ赤になって否定した。

六

「してやられた」

暗殺失敗を悔しがる大貞を見ていた多木が、あざけるような笑みを浮かべた。

だが、口に出すわけではなく、大貞と目が合うと神妙な表情を作って告げる。

「谷中の屋敷で待ち構えていたのは、篠田山城守とその家来どもです。紀州藩を探っておる者どもに動きを読まれていたとなると、これは由々しきことですぞ。篠田は、大貞殿に疑いの目を向けておるやもしれませぬ」

大貞は苛立ち、にぎっていた火箸を火鉢の底に何度も打ちつけた。怒りのまま火箸を畳に投げつけ、眼光鋭く言う。

「このような場合に備えて四谷の隠れ家を用意していたが、おそらく浪人どもは口を割っておろうな」

多木はうなずく。

「確かに、あそこはもう使えませぬ。それがしの隠れ家に移られますか」

「よい場所があるのか」

「少々不便ですが、千駄ケ谷の元武家屋敷を手に入れてございます」

「そこは、篠田の目が届かぬのであろうな」

「ご安心を。払い下げを手に入れていた商家のあるじから譲り受けたもので、表向きは商家の別宅となってございます」

「盗んだ金は、そこに貯め込んでおるのか」

「いかにも」

「よし、ではまいろう。ここに貯め込んでおる金を運べるか」

「造作もないことで」

「うむ、今すぐ行けるか」

「景光に案内させましょう」

うなずいた大貞は、木葉に荷物をまとめさせ、別宅を捨てた。

多木は慣れたもので、手下どもと商人に化け、商売の荷物を運ぶように見せかけて小判を別宅から運び出し、跡をつける者がいてもばれぬよう一旦赤坂にくだった。麻布、渋谷へと場所を移動し、田舎の道を大回りする用心深さで、夜中になってようやく、千駄ヶ谷の隠れ家に移した。

大貞が一足先に入っていた千駄ヶ谷の隠れ家は、夜が明けてみれば、元武家屋敷だけに造りは堅牢で、敷地も四百坪あり、隠れ家にするには十分な広さだった。

気に入った大貞は、小判を運んできた多木と書院造りの広間で向き合い、上機嫌に言う。

「ここはよいの」

「気に入っていただけましたなら、この母屋をご自由にお使いください」

「よいのか」

「はい、元々誰もおりませぬから」

「大金を隠しておるというのに、見張りも置いておらぬのか」

「盗っ人は、空き家には目もくれますまい」

「確かにそうかもしれぬが、不用心だ。金はどこに隠しておる」

「空の蔵の床下に、隠し穴を掘ってございます」

大貞は目を細めた。

「なるほど、それはよい考えじゃ。ここにしばらく身を隠すといたそう」

「藩邸のほうは、よろしいのですか」

「わしは殿のために動いておるのだ。出仕をせずとも、上役は何も言わぬ。古藤にこの場所を教えておけば、困ることはない」

多木は表情を険しくした。

「ここに潜み、ほとぼりが冷めるのを待つおつもりですか」

「次なる手を考えるが、しばし時がいる」

「お言葉ですが、悠長（ゆうちょう）に構えておる場合ではありませぬぞ」

「わからぬのか。谷中の屋敷は、我らを炙（あぶ）り出すための罠だったのだ。ここは支度を万全にするべきだ」

「綱豊が西ノ丸に入る時を狙うべきかと」

「大それたことを申すな。一人のところを襲うならまだしも、綱豊の行列を襲うには人が足りぬ」

「なんのために紀伊屋から大金を奪ったのです。兵を集めるためでございますぞ」

　ここに来てまだためらいを見せる大貞に、多木は詰め寄る。

「何を迷うておられるのです。西ノ丸に入る行列ならば、百人、いや五十人もおれば確実に首を取れますぞ」

「しかし……」

「臆病風（おくびょうかぜ）に吹かれた者にはついてゆけぬ」

「なんだと、貴様、誰に向かって申しておる」

「揉（も）めておる暇はござらぬ。大貞殿は、ここで見ておられるがよろしい。あとはわしが引き受けます」

多木は景光に、ただちに人を集めるよう命じた。

控えていた景光は応じて走り去った。

大貞は勢いに圧（お）されて、この時は止めなかった。口先だけだと、高（たか）をくくっていたからだ。だが、二日目の夕方には八十人集めたとの報告を受けて仰天（ぎょうてん）した。

「その者どもは、綱豊を討つと知って引き受けたのか」

心配はそこだった。大貞が続ける。

「綱豊は民から人気がある。浪人どもの中にも、慕（した）う者がおるはずだが、確かめたのであろうな。裏切り者が出る恐れがあるぞ」

多木は冷ややかな笑みを浮かべた。

「主君のために、綱豊を討とうとしているお方の言葉とは思えませぬな」

「何……」

「食い詰め、落ちぶれた暮らしに嫌気が差しておる浪人どもです。仕官の道を約束すれば、相手が誰であろうと刃（やいば）を向けますぞ」

大貞は驚いた。

「もしや、紀州の名を出したのか」

「まさか、そこまで愚かではありませぬ。が、浪人どもは仕官という餌に飛びついたのです。綱豊を葬り、綱教侯が将軍になったあかつきに捨て扶持でも与えてやれば、身を粉にして働きましょう。そういう気概がある者を、集めました」

大貞は疑いの目を向ける。

「さてはおぬし、こうなると先読みして、前から浪人どもに目星をつけておったな」

多木はうなずいた。

「綱豊を討つために、盗っ人になり下がったのでございますぞ。このよい折を逃しはしませぬ」

眼光鋭く言う多木の気迫に、大貞は恐れを抱いたが、決して顔には出さなかった。

「大貞様はおられますか」

古藤が大声で呼びながら、表の庭に入ってきた。ひどく慌てた様子を見て、大貞が眉をひそめる。

「何かあったのか」

息が上がっている古藤は濡れ縁に両手をつき、文を差し出して告げる。

「分家の頼方様から、急ぎの文が届きました」

「わしにか」

「はい」

文を開いた大貞は、顔面を蒼白にした。

「跡をつけられてはおるまいな」

古藤はうなずく。

「お指図のとおり、一旦渋谷の下屋敷に入り、裏門から出ております。用心を重ねて馬を馳せましたから、ご安心ください。それよりも、文にはなんと……」

「頼方様から呼び出しじゃ」

答えた大貞に、多木が言う。

「何を恐れているのです」

「頼方様は切れ者だ。些細なことも決して見逃さず、悪事を疑われたら逃げられぬ。その頼方様から初めて呼び出しを受けたのだ。わしの動きに気づかれたのやもしれぬ」

「では、ひとつ知恵くらべといきましょう」

さも楽しげに言う多木は、大貞に近づき、声を潜めて何ごとかを告げた。

古藤が乗ってきた馬で紀州藩の上屋敷に戻った大貞は、紋付袴に着替えて身なりを整え、藩主綱教のもとへ足を運んだ。

そして、諸々の支度を調えた大貞は、頼方が指定した四谷の料理屋に足を向けた。

指定された刻限に合わせて料理屋の暖簾を潜ると、待っていた店の女将に奥の離れに通された。

十六畳の座敷には、藤東殿介の姿もあった。

上座に着いている頼方の前に進んだ大貞は、うやうやしく頭を下げた。

「頼方様、お久しぶりにございます。息災のご様子で、恐悦至極に存じまする」

うむと応じた頼方は、穏やかに告げる。

「急の呼び出し、すまぬな」

「いえ」

頼方は表情を一変させ、目つきを鋭くした。

「大貞」

「はは」

「おぬし、よからぬことをくわだててはおらぬか」

若いが肝が据わり、わずかなこころの動きも見逃さぬ目を向けられれば、常人ならば震え上がる。

大貞は両手をつき、目を合わさずに問い返す。

「よからぬこととは、いかなることでございますか」

「それを問うておるのだ」

「藤東殿介がこの場におるということは、まさか、賊が押し入ったことで、それがしをお疑いですか」

「いかにもそうじゃ。蔵の事情に詳しい者を当たっておる。紀伊屋が襲われて日が浅いうちに綱豊殿が襲われたというのも、引っかかっておる。綱教侯を将軍にするための軍資金にしたのか」

やはり、ただ者ではない。

薄い笑みを浮かべながらも、胸の内で戦々恐々としていた大貞だったが、多木に法力でもかけられたかのごとく落ち着きはらい、言葉を返す。

「おそれながら、まったく身に覚えはありませぬ。それがしは紀伊屋の災難を聞き、藩を挙げて盗賊を見つけ出すよう殿に言上し、許しを得たところにございます」

綱教直筆の書状まで得ていた大貞は、差し出した。

確かめた頼方は、藤東に見せる。

「兄上の字に間違いない」

「確かに」

藤東は疑いを解いたようで、大貞に頭を下げた。

頼方が大貞に問う。

「どのように動く」

「自ら指揮を執り、探索をはじめる所存でございます。ついては殿介、賊を捕らえるため、そのほうに申しつける」

「はは、なんなりと承りまする」

「蔵の事情を知っていた番頭と手代の家族を、一人残らず藩邸に出頭させよ」

藤東は困惑の色を浮かべた。

「お言葉を返しますが、番頭と手代には厳しく言い聞かせてございますから、家族は何も知らぬはずです」

だが大貞は引かない。

「その証をどう立てる」

「どうと申されましても……」

「可愛がり、信頼していた奉公人ゆえ信じたい気持ちはようわかるが、内輪のことゆえ、おぬしが知らなかっただけかもしれぬ。そこを確かめるためにも、家族に話を聞かねばならぬと思うたのだ。気を悪くせず、従ってくれ」

「では、余も立ち会おう。殿介、それでよいか」

藤東はほっとした様子で何か言おうとしたが、大貞が先に口を開いた。

「いかに頼方様でも、これは紀州藩に関わる災難でございますゆえ、口出し無用に願います」

厳しく言う大貞の言葉に、矛盾はない。

他藩のあるじである頼方は、これ以上押すことはできぬ。

「拷問をせぬと約束できるか」

大貞は、表情を穏やかにしてうなずいた。

「もとよりそのつもりはありませぬ。一応、話を聞くだけです」

頼方は藤東に訊く。

「どうじゃ」

「仰（おお）せのとおりにいたします」

頭を下げた藤東に、大貞は、

「明日の朝四つ（午前十時頃）、下屋敷に連れてまいれ」

こう言いつけて、藩邸に帰った。

七

藤東殿介は、まだ悲しみの最中（さなか）にある番頭と手代の家を訪ね、紀州藩のお調べがあると説（と）き伏せて従わせ、約束の刻限に下屋敷へやってきた。

藤東は、遥々（はるばる）渋谷まで呼びつけられたことに疑念を抱いたが、脇門で対応した古藤が、

「罪人かもしれぬ者を、上屋敷と中屋敷に呼ぶわけにはいかぬ」

厳しい表情で言い放ち、同座を願う藤東を中へ入れなかった。

奉公人の家族は大人のみで、番頭の女房と、手代の父母と女房など、合わせて六人だ。

藤東は、不安がる皆に、

「大丈夫、皆やましいことはないのだから、すぐ終わる。ここで待っているから

行っておいで」

こう声をかけて励ました。

古藤に続いて入った六人は、下屋敷とはいえども、初めて足を踏み入れた大名屋敷の広さに瞠目し、改めて紀州徳川家の力を見た気がして、不安が増すのだった。

「わしら、無事に帰れるのだろうか」

手代の父親が、女房にこぼした。

「旦那様はああおっしゃるが、倅は藩にとって大切なお宝を守れなかったんだ。縁座を申しつけられるかもしれんぞ」

この声を聞いた女たちがますます不安がり、震え上がった。

「静かに歩け」

役人に厳しく言われて、家族は口を閉じ、見渡す限り続いている漆喰塀を横目に砂利道を歩かされた。そして、入るよう命じられるまま板塀の中に足を運ぶと、白洲の広場があり、筵が敷かれていた。

「そこへ座れ」

古藤に言われるまま、家族たちは広縁の奥にある座敷に向いて正座した。

武家屋敷に入ったことがない者たちだが、噂に聞く町奉行所の白洲に似ていると思ったのだろう。皆恐れた顔をして、うつむいている。

奥の襖を開けて姿を現した大貞が、座敷に正座して皆を見ると、古藤に顎を引いた。

応じた古藤が告げる。

「これより別々に吟味いたす。まずは手代の家族からじゃ。番頭の妻は下がれ」

小者に促された番頭の妻は、板塀の外へ出た。

大貞は、手代の家族たちに対し穏やかに言う。

「こたびのことは、まことに災難であったな」

怯えていた手代の父親が、思わぬ優しい声をかけられ、顔を歪めて涙を流した。

「倅は、自分の店を持つのを夢見て、毎日励んでおりました。それを無惨に殺されて、あっしらはもう、生きる気力もありやせん」

「そうであろうな。子を喪う悲しみは痛いほどわかる。まして、殺されたのだからな」

鼻をすすり、さも悲しげに演じる大貞に、家族たちは皆、釣られて泣きはじめた。

大貞は涙声で告げる。

「本日ここへ召し出したわけを殿介から聞いておると思うが、非道の盗賊どもに、紀伊屋の蔵に大金と武具があるのを教えた者がおる」

えっと息を吞む家族たちを前に、懐紙を出して鼻をかんだ大貞が、表情を厳しくして続ける。

「そこでおぬしらに問わねばならぬが、息子や夫は、金に困ってはおらなんだか」

一同が顔を見合わせ、先ほどの父親が大貞を向いて答える。

「皆同じ長屋に暮らして、気心が知れた仲でございますが、飲む打つ買うの三つは旦那様から固く禁じられておりましたので、金に困るようなことはなかったかと」

「本人はそうであろう。では、家族はどうじゃ」

父親はいないと言ったが、女たちは様子が違う。

見逃さぬ大貞は、手代の女房と思しき三十代の女に問う。

「そのほう、名は」

女は三つ指をついた。

「手代清三の妻、さわにございます」

「おさわ、構わぬから思うておることを申してみよ」

おさわは首を横に振った。

「何もありませぬ」

大貞は目尻を下げて微笑んだ。

「そう恐れるなよ。取って食いはせぬ」

砕けた物言いに、おさわをはじめ、女たちは表情に安堵の色を浮かべた。

大貞は困ったようにため息をつき、腕組みをして古藤に言う。

「どうやら、我らの思い過ごしであったようだぞ」

古藤が答える。

「困りました。番頭の女房が、手代の家族が金に困っていたと確かに申しておりましたゆえ、今日の運びになったと申しますに……また、一から調べなおしですな」

おさわが驚いた。

「それは、ほんとうですか」

大貞がうなずく。

「うむ。この古藤がそう聞いて戻ったゆえ、賊に秘密を売ったのではないかと疑い、そのほうらを召し出したのだ。家族というても仲が悪く、息子や夫を裏切る者は世の中には大勢おるからな。だが、お前さんたちを見て、番頭の女房に一杯食わされたと思ったわけだ」

気さくな物言いをする大貞の芝居に、女たちはまんまと騙されたおさわが憤慨して言う。

「わたしたちを悪く言ったお蔦さんこそ、虫も殺さぬような顔をして、裏ではとんでもない人です」

紀伊屋のことを奉公人にいたるまで調べ尽くしていた多木が描いた筋書きどおりの展開になり、大貞は身を乗り出した。

「ほう、それは興味があるな。教えてくれ」

こうなっては、噂好きのおさわの口に戸は立てられぬ。

番頭の妻お蔦の悪口を饒舌に並べたて、子供がおらぬうえに、店にたびたび泊まるなど、亭主が留守がちなのをいいことに、さんざん男遊びをしているのだと語った。

他の家族は、興奮気味のおさわを止めようとしたが、大貞が厳しく告げた。

「かばいだてすると、ためにならぬぞ」

家族たちは口を閉ざし、おさわも黙り込んだ。

大貞が言う。

「おさわ、よう教えてくれた。これで下手人に近づけたかもしれぬぞ。褒美を取らす」

恐縮するおさわは固辞したが、

「これは、わしからの香典と思うてくれ」

大貞が告げ、古藤が小判の包みを差し出した。

おさわだけでなく、他の皆にも香典と称した小判を受け取らせた大貞は、一同に告げる。

「お蔦のことは、これより慎重に調べるゆえ、他言無用だ」

固く口止めし、約束させた大貞は、手代の家族たちを放免した。

続いて呼ばれたお蔦が筵に座るのを待った大貞は、色白の美しい顔を見て、ほくそ笑んだ。

「なるほど、他の連中が申すとおり、男が放ってはおくまい」

お蔦は怯えた顔をした。

舌なめずりをした大貞は、いたぶるように告げる。

「留守がちな亭主のせいで、火照った身体を持て余しておったようじゃな。これまで、何人の男と不義に及んだ」

お蔦は激しく首を横に振る。

「遊んでなどおりません」

「黙れ！　何もないのにわざわざ召し出したと思うておるのか。調べはついておるのじゃ。数多の男と不義に及ぶそのほうは、紀伊屋の番頭の女房と知って近づいた賊の素性も確かめず快楽を求め、手枕をされながら夢心地のあいだに、つい金蔵の場所を教えた。そのせいで、大勢の者が命を落としたのだ」

「違います。わたしは、そのようなことはしておりませんし、話したことなどありません」

懸命に訴えるお蔦は、ほくそ笑む大貞のたくらみに気づいたように目を見開いた。そして身の危険を感じたお蔦は、逃げようとした。だが、古藤に捕まり、口を塞がれた。

大貞は笑って白洲に下り、お蔦の首をわしづかみにし、続いて首筋を指でなぞった。

「この餅肌は、殺すには惜しいほど極上であるな」

恐怖に目を見開き、必死に逃れようとするお蔦の首をふたたびわしづかみにした大貞は、気絶するまで力をゆるめなかった。

八

上野の別宅にいた頼方が藤東の訪問を受けたのは、翌朝だ。

駕籠を飛ばして来た藤東は、裏庭に面する広縁に立つ頼方の前で地べたに突っ伏し、悔し涙を流した。

「お蔦は決して、身持ちの悪い女ではありませぬ。まして、賊に蔵の話をするなど、あり得ませぬ」

絶大な信頼を置いていた番頭だ。女房にも話していないと訴える藤東は、怒りのあまり冷静さを失っている。

「まあ上がれ」

自ら庭に下りて立たせた頼方は、座敷に連れて入り、茶を点てた。

「取り乱し、申しわけありませぬ」

茶を飲んだ藤東がようやく落ち着きを取り戻したところで、詳しく話を聞いた頼方は、楽茶碗を拭く手を止め、斬刑に処されたお蔦を哀れんだ。

「して紀州藩は、大貞の思惑どおりにことを収めたのか」

「はい。お蔦が賊に騙されて、蔵の内情を漏らしたこととされました」

「そなたへのお咎めはあるのか」

「大貞様のご配慮により、不問とされました。御用達の看板もそのままです」

思案をめぐらせた頼方は、とうてい納得していない様子の藤東に向いて言う。

「悔しいだろうが、ここは長い物に巻かれておけ」

「しかし……」

「今動いたところで、お蔦は戻ってこぬ。おそらく黒幕の大貞は、これで逃れられたと思うておるはず。そこに油断が生じよう」

「手前が調べます。やらせてください」

「まだ動くな。大貞が大金を手に入れんとした目的は、わかっておる。下手に動けば、紀州藩が危ないというのを忘れるな」

藤東は唇を嚙みしめ、悔しそうに下を向いた。

頼方が念を押す。

「お前には、いずれ力になってもらう。よいな、殿介」

「承知いたしました」

肩を落として帰る藤東を見送った頼方は、一人で部屋に座ったまま、出された食事にも手をつけず、日が暮れて家来が蠟燭に火を灯しても、険しい顔で物思いにふけるのだった。

第四話　鬼狩党始末

一

お蔦に罪を被せて頼方を黙らせた大貞は、

「これで、綱豊も紀州藩を疑うまい」

堂々と上屋敷前の別宅に戻り、木葉を抱きすくめていた。

二人きりでの暮らしを望んでいた木葉は、着物の両肩をはずされると大貞に跨がり、自らゆっくりと受け入れて唇を嚙みしめ、快楽に声を漏らした。

気持ちが高ぶった大貞は、木葉を抱き寄せて耳元でささやいた。

「そなたを一生離さぬ。いつか必ず、わしの子を産んでくれ」

「嬉しい……」

木葉と大貞は喜びの絶頂に達し、しばらく抱き合ったまま、互いの気持ちを温めた。

ゆっくりと離れる木葉を仰向けにさせた大貞は、首の汗を拭ってやりながら微笑み、唇を重ねた。

「殿が将軍におなりあそばせば、わしは幕閣に名を連ねる。大名ともなれば、広大な屋敷を与えられる。中屋敷にお前を正室と同等に迎え、国許からそなたの父御も呼ぼう。孝行をしようではないか」

目尻を濡らす木葉を、大貞は微笑を浮かべながら見つめた。

木葉は顔を近づけ、嬉しそうに微笑むと、胸に頬を寄せて甘えた。

紀州藩士として綱教に忠実な大貞にとってみれば、綱豊は将軍の座を横取りした悪党にしか見えぬのだ。

己の欲望による逆恨み以外の何物でもないが、大貞の頭には、主君を将軍の座に据えることしかない。

しかしながら、頼方が出張ってきたことは、大貞にとっては大きな誤算と言えよう。

「厄介なことになった」

と思うのは、頼方ではなく、多木の存在だ。

隠れ家に引き籠もる必要がなくなり、この別宅に帰る段になって、

「頼方を黙らせたものの、油断なりませぬぞ。今こそ大勝負に出る時だ」

綱豊は刺客を捕らえたことで油断し、三島屋に通っている。この機を逃すなと熱く語り、大貞を急かしたのだ。

それも罠だと諭す大貞に対し、

「それは、雇った浪人どもの中に、綱豊の息がかかった者がいたからに違いありませぬぞ」

多木は声を大にしてこう返した。

三島屋を襲うのは、裏切る恐れのない者、つまり、紀州の手練を脱藩させて襲わせるべきだとしつこく迫った。

大貞は、そうできるか図ってみると言い、その場を収めて別宅に戻ったのであるが、己の保身のため、次第に行動が大胆になっている多木をわずらわしく思っていた。

このように弱気になったのは、やはり頼方が口を出したのが大きい。

じっくり考えた大貞は、古藤と菅に会いに、朝を待って上屋敷へ行った。

程なく大貞の御用部屋に来た二人と向き合い、ため息をつく。

「多木が、腕の立つ藩士を集めて暗殺組を作れなどと言いおる」

古藤が驚き、険しい顔をした。

「そのようなことをすれば、綱豊にばれます」

「さよう。奴はどうも、主君の恨みを晴らすよりも、己の出世に目を向けておるような気がする」

すると、菅が鋭い目つきをして言う。

「これまで奴の言いなりに動いたゆえ、図に乗っておるのでしょう。我らを思いのままに操(あやつ)り、殿が将軍におなりあそばした時には、最大の功労者としてこの国を動かす野望を抱いておるのやもしれませぬ」

「わしもそう思う」

大貞の返答を受け、古藤が不安の声をあげた。

「軍資金と武具は、奴の手の内にあります。このままでは、菅殿の申すとおりになりますぞ」

大貞はうなずいた。

「多木をどうにかせねばなるまい。何かよい手はないか」

菅がしばし考え、狡猾(こうかつ)そうな面(おも)持ちで告げる。

「多木が申すとおりに、兵を集めましょう」

「言うことを聞くのか」

不機嫌になる大貞に、菅は手はずを述べた。

聞き終える頃には機嫌を直した大貞は、

「そうするのがよかろう。奴はもう、邪魔なだけじゃ」

そう言うと、さっそく動いた。

二

千駄ヶ谷の隠れ家に古藤が来たのは、夕方だ。

手下を相手に暗殺剣の腕を磨いていた多木は、来客を知らせた者に木刀を渡し、身なりを整えて客間に向かった。

上座に着いている古藤に対し、多木は怒るでもなく、穏やかな顔で下手に正座して向き合った。

古藤が、多木を持ち上げる。

「貴殿はなかなかの策士ですな。あの頑固な大貞様が、今ではすっかり頼りにされて、言われるがままに兵を集めましたぞ」

多木はまんざらでもない様子で訊く。

「ほう、して、何人集まったのです」

「とりあえず百人。腕の立つ者ばかりではありませぬが、皆綱豊に世継ぎの座を横取りされたと憤る者ですから、士気は高いですぞ」

「それは何よりの強み。やる気のない輩は、容易く裏切りますからな」

「そこで、これらの兵をどう動かすか、相談に乗ってほしいそうです」

「承知しました。別宅に行けばよろしいか」

「いや、別宅は木葉殿がおられますから、密談ができる料理屋に案内します。今から、ご足労願えますか」

「むろんです。支度にかかりますゆえ少々お待ちくだされ」

多木は座をはずし、奥の部屋に下がった。

一人になった古藤は目を閉じ、ゆっくりと息を吐いた。

足音がしたので背筋を伸ばしていると、多木の手下が古藤の前で片膝をつき、湯呑み茶碗を置いた。

「今日はやけに冷えますから、こちらを召し上がりながらお待ちくださいとのことです」

「酒か、ありがたい」

匂いでわかった古藤は湯呑み茶碗を取り、口に運びかけて止めた。

「毒など、入っておるまいな」

問うと、手下は驚いた顔をした。

「冗談じゃ」

古藤は笑い、熱燗を飲み干した。胸の内では不安だったが、これも相手を疑わせぬためには拒めぬと己に言い聞かせ、湯呑み茶碗を置いて微笑む。

「旨い酒だ。臓腑に染み渡る」

「おかわりをお持ちいたしましょう」

「いや、もう十分。あとで多木殿と、料理屋で飲むゆえな」

手下はようやく笑みを浮かべて、湯呑み茶碗を持って部屋から出ていった。

それから四半刻（約三十分）も待たされ、多木がようやく戻ってきた。

その身なりは、

「どこぞの隠居のようだな」

古藤が思わず口にするほど、濃紺の軽衫に同じ色合いのどてらを羽織り、年寄りじみていた。腰には脇差のみを帯びている。

料理屋は、城の堀と四谷御門を遠望できる立地にあり、表の入口には店の名もなく、常連客のみを相手に商売をしている。

「ここは、まことに料理屋か」

警戒する多木に、古藤は微笑んで促(うなが)した。

「入れば、わかります」

重厚な杉戸を開けるので中を見ると、女将(おかみ)らしき三十代の女が明るい笑顔で頭を下げた。

「お待ちしておりました。さ、どうぞ」

顔立ちがよい女将を一目で気に入った多木は、上機嫌で足を踏み入れた。

敷地は広く、中庭には池まである。

奥の離れに通されると、二十畳を優に超える大座敷の上座で、大貞が待っていた。

廊下に控えていた菅が、頭を下げて促す。

大貞の前に敷かれた茵(しとね)に多木があぐらをかくと、仲居が料理の膳(ぜん)を置いた。

「話をする前に、まずは一献(いっこん)」

すすめる大貞に、多木は微笑を浮かべて杯(さかずき)を差し出した。返杯(へんぱい)して本題に入る。

「百人集めたそうですな」

大貞は、うむとうなずいて言う。

「集めたものの、どう使えばよいか聞いておらなんだと思い、足を運んでもろうたのだ。綱豊がくだった時を狙い、三島屋を襲わせればよいのか」

「それがよろしいでしょう。百人おれば、甲州者を退け、綱豊の首を取れます」

「おぬしは行かぬ気か」

「むろんまいります。この手で綱豊の首を取り、殿の無念を晴らします」

うなずいた大貞は、酒をすすめた。

「では、今宵は前祝いといこう」

酌を受けた多木は、嬉しそうな顔で飲み干した。

大貞は次々と酌をして、多木の顔色をうかがっている。

多木は何も気にする様子はなく、すすめられるまま酒を飲み、

「旨い酒のせいで、酔うてきましたぞ」

大きな息を吐き、さも楽しげに笑った。

大貞は、ここぞとばかりに表情を一変させ、険しい顔で菅に顎を引く。

立ち上がった菅は、鷹の絵が見事な襖を開けた。

襷がけをした二人の家来が出てきて、抜いていた刀でもって、いきなり多木に

斬りかかった。

　多木が杯を傾けて酒を飲んでいたところへの不意打ちだ。誰もが、首尾よく仕留められると思った。だが、頭を狙って斬り下ろそうとした家来の顔面に、多木が投げた杯が飛んできた。

　家来は一瞬だけ怯んだが、それが命取りだった。気を改めて斬り下ろそうとした家来の腹に、多木の脇差が突き刺さったのだ。

　目を見張り、口から血を流す家来から脇差を抜いた多木は、膝立ちのまま滑るように身体を右に回転させ、気合をかけて襲いかかってきた二人目の家来の刃をかわしてみせた。

　空振りした家来が、逃れた多木めがけて刀を一閃する。だがそれもかわされ、軽業師のごとく後転した多木を追おうとした時、額を矢が貫いた。

　倒れた家来を見た菅が、矢が飛んできた庭の暗がりに鋭い目を向け、手首に滑り落とした両刃の小刀を投げ打った。

　闇に火花が散り、部屋の明かりが届く中に現れたのは、黒装束の男だ。手には弓を持っており、矢を番えた弦を引くや否や、菅を狙って射た。

　大刀を抜きざまに斬り飛ばした菅は、多木に迫って突き、かわされると追って右に一閃し、これを脇差で受け止められると、押し離した。

一連の攻撃を受けながら、多木は笑みさえ浮かべている。

「こ奴……」

菅は多木の強さに驚き、大貞を守るべく立ち位置を変えた。

「ここは引き受けます。お逃げくだされ」

大貞は目を見張った。

「何を申しておる。さっさと斬れ！」

菅の前には、弓を刀に持ち替えた景光もいる。

二人を相手に怯まぬ菅は、両刃の小刀を景光に投げ打ち、気合をかけて多木に斬りかかった。

太刀筋(たちすじ)を見抜かれ、またもや空振りした菅は、刃を潜(くぐ)って背後に抜けた多木に振り向こうとしたのだが、その前に、背中に衝撃を受けた。

「くっ」

痛みを感じぬ菅は振り向き、刀を振り上げたのだが、多木は決着がついたとばかりに相手にせず、大貞に向かっている。

力が抜けた菅は、大貞が景光に斬られたのを見て目を見張った。

「と、殿……」

喉から声を絞り出すのが菅の最後の力となり、両膝をつき、うつ伏せに倒れた。

大貞の息の根を止めた景光が、腰が抜けて動けぬ古藤に酷薄の眼差しを向けた。

古藤は悲鳴をあげ、足をばたつかせながら下がると、床の間の壁に逃げ場を失って叫んだ。

「大貞様の妾は根来衆の娘だ。貴様らは取り返しのつかぬことをした。必ずや殺されるからな」

多木が鼻で笑い、景光が刀を振り上げると、古藤は震える声でふたたび叫んだ。

「なんでも言うことを聞きますから、助けてください！」

景光を止めた多木は、平身低頭して震えている古藤の襟首をつかんで顔を上げさせた。

涙まで流す意気地なしの古藤に、多木は鋭い目で問う。

「今の言葉に、偽りはあるまいな」

「天地神明に誓います」

「綱教より、わしについてくると申すか」

「はい」

多木が手を離すと、古藤は廊下まで下がって平身低頭した。

杯と銚子を持って近寄った多木は、酒を飲ませて言う。

「木葉のことを詳しく教えろ」

震える手で、杯から酒をこぼしながらなんとか口にした古藤は、多木の目を見てうなずいた。

古藤から木葉の話を聞いた多木は、

「ふ、ふふふ。おもしろい」

愉快げに笑い、嬉々とした表情で利用する策を考えるのだった。

三

「殺すには惜しいが、これも我が天下のためじゃ。許せ」

女将の怯える顔を見つつ息の根を止めた多木は、下男下女にいたるまで皆殺しにした料理屋に火をかけ、暗い夜道を逃走した。

向かったのは、大貞の帰りを待つ木葉がいる別宅だ。

火事を知らせる半鐘の音が遠くから聞こえ、料理屋があった方角の空が橙色に染まっている。

別宅の近くで立ち止まった多木は、古藤の腕を引き寄せ、肩を抱いて告げる。

「覚悟はよいか」

「はい」

古藤は恐れた顔で返事をすると、離れて左腕を差し出した。木葉に疑われぬよう腕に怪我をさせたほうがいいと言ったのは、他ならぬ古藤だ。

多木は脇差を抜いた。

歯を食いしばる古藤は、腕を浅く斬られる覚悟を決めていたのだが、いきなり背中を斬られた。やったのは景光だ。

「うわっ」

激痛にのけ反る古藤を支えた景光の前で、多木も自ら腕を傷つけ、別宅の戸をたたいた。

大貞が帰ったと思い戸を開けた木葉は、三和土に倒れ込んだ古藤を見てぎょっと目を見張り、すぐに両膝をつく。

「古藤様、どうされたのですか」

「大貞様が……」

傷の痛みに呻く古藤に、木葉は声を張った。

「しっかりしてください。何があったのです」

痛みで言葉にならぬ古藤にかわり、多木が言う。

「大貞殿が、綱豊に殺されたのです」

「まさか……」

絶句する木葉に、古藤が嗚咽をこらえて訴える。

「ほんとうです」

「どうしてそのような……」

腰を抜かしてへたり込む木葉に、多木が自ら傷つけた腕の痛みに顔を歪めてみせながら続ける。

「綱教侯を世継ぎにせんと奔走されていた大貞殿を邪魔に思うた綱豊が、浪人新見左近に化けて甲州者を引き連れて現れ、世を乱す悪党を成敗するなどと称して襲いかかってきたのです。我らは大貞殿を守ろうとして必死に闘ったのですが、力及ばず、申しわけない」

放心状態の木葉は、ゆっくりと多木に目を向けてきた。

「旦那様のご遺骸はどこにあるのです」

「甲州者が持ち去りました。おそらく罪人として葬るのでしょう」

木葉は堰を切ったように涙を流し、ゆっくりと立ち上がった。

「どこへ行くのです」

問う多木は、振り向いた木葉の顔を見て目を見張った。別人のように、表情が険しくなっていたからだ。

疑わぬ木葉は左近を恨み、恐ろしいまでの形相になって告げる。

「綱豊を許さぬ。配下の者五人と共に、旦那様の仇を取る」

「待たれよ」

多木は、行こうとする木葉の腕を引いた。

「相手は狡猾で、腕の立つ家来が大勢おるのです。そなたを入れて六人だけでは返り討ちにされましょう」

「放せ」

「なりませぬ。気持ちはわかりますが、ここは落ち着くべきです。そなたのお父上の力を借りたほうがよろしい」

木葉は多木を睨んだ。

「何ゆえよそ者のそなたが、わたしの素性を知っている」

「古藤殿から聞きました」

木葉が見ると、古藤はうつ伏せでぴくりとも動かなくなっていた。

「死んだのか」

声を厳しく問う木葉に、介抱していた景光が答える。

「気を失っただけです。板の間に上げてもよろしいか」

うなずいた木葉は、多木に言う。

「父津田十蔵は中風を患い、今は鉄砲が撃てぬ」

古藤はそこまでは知らなかったようだ。

あてがはずれて肩を落とした多木は、古藤を担ぐ景光に続いて、木葉を促して板の間に上がった。

炭火が暖かい囲炉裏を挟んで多木と向かい合った木葉は、行灯の明かりを頼りに古藤の傷の手当てをする景光に目を向けていたが、涙を拭い、多木を見て告げる。

「綱豊は、このわたしの手で必ず仕留める」

多木は、木葉の目を見た。行灯の明かりでもわかるほど、抜けるように白い肌をしている木葉からは、これまで見せていた優しい表情は消えている。

得体の知れぬ恐ろしさを秘めた木葉を、美しいとさえ思った多木は、目を見つめたまま言う。

「お父上の力なしで、どうやって仕留めるつもりですか」

木葉は気持ちを落ち着けるべく目を閉じ、大きく息を吸った。そして、凛(りん)とした面持ちで述べる。

「父から家伝の砲術(ほうじゅつ)を受け継いでおります」

「射撃の技もですか」

「むろんです」

木葉は、復讐心に燃える光を宿(やど)した目をそらさない。

多木は、ぞくっとした。この女は使える。

そう確信した多木は、真顔で告げる。

「我らは同じ仇を持つ身。今この時から、鬼狩党(おにがりとう)と名乗ろうではありませぬか」

「鬼は、綱豊」

「さよう。我があるじを殺し、そなたの大切な旦那様を奪った綱豊は鬼じゃ。力を合わせて、必ず無念を晴らしましょうぞ」

木葉はうなずいた。

多木は景光に問う。

「古藤殿はどうじゃ」

「血は止まりました」

その声に応じるように、古藤は目を開けた。

「おお、気がついたか」

多木を見た古藤は、うつ伏せのまま木葉に言う。

「木葉殿、大貞様をお守りできず、申しわけない」

木葉はもう、涙をこぼさなかった。

「綱豊から、よく逃げられましたね」

「狙いは大貞様のみだったらしく、それがしはとどめを刺されなかったのです」

「綱教侯には、どう報告されるのですか」

「大貞様が綱豊の命を取ろうとされていたことを、殿はいっさいご存じありませぬ。何も知らぬほうがよろしいので、伝えませせぬ」

木葉は、不服そうな顔をした。

「いっさいの罪を、旦那様お一人に背負わせるおつもりか」

「それが、大貞様のご覚悟でした。殿を将軍にするため動いておられましたが、しくじった時に累が及ばぬようにされていたのです」

木葉は目を伏せた。

「わかりました。では、わたしもそのように動きます」

多木が言う。

「鬼狩党の拠点を、我が隠れ家といたしましょう。木葉殿、お支度を」

木葉は古藤を見た。

「この傷では動けぬでしょう」

古藤は首を横に振る。

「それがしならば大丈夫です。綱豊の手の者が、大貞様の妻同然の木葉殿を捕らえに来るかもしれませぬゆえ、支度をお急ぎくだされ」

「わかりました」

木葉は奥の部屋へ入った。

見送った多木は、小声で古藤に問う。

「大貞は何ゆえ、根来の技を継いでおる木葉を使わなかったのだ」

古藤は顔を歪めて身を起こし、神妙な面持ちで向き合った。

「木葉殿に、人を殺させたくなかったのだ」

多木は片笑(かたえ)む。

「あの美しいおなごを、血で汚したくなかったか」

「そうおっしゃっておりました」

「では、わしが汚してやろう。木葉がうまくやれば、貯め込んだ金を使わずにすむ。それを手土産に、綱教が将軍になったあかつきには、幕閣に加えてもらう」

野望に燃える多木に、古藤が言う。

「相手は綱豊です。いかに木葉殿とて、しくじるかもしれませぬ。その時に備えて、兵を集めておくべきでは」

多木はじろりと睨んだ。

「百人集めたと申すは嘘か」

怒気に触れた古藤はうつむいた。

「申しわけありませぬ」

しっと景光が知らせ、多木と古藤は口を閉ざした。

程なく戻った木葉は、茶色の小袖の下に、同じ色の袴を穿いて統一していた。

右手には、鉄砲を入れた袋を持っている。

その出で立ちに、多木は戸惑った。

「木葉殿、身の回りの物はよろしいのか」

「必要ありませぬ」

多木は探る目を向ける。

「死ぬ気ですな」

「………………」

無言をもって返答とする木葉に、多木は真顔でうなずく。

「これは頼もしい。命を捨てる覚悟ならば、必ずや討ち果たせますぞ。まいりましょう」

応じた木葉が先に外に出ると、古藤が多木に声をかけた。

「わたしは人を集めます」

「兵は、大貞殿に恩がある者に限る。できるか」

「大勢おります」

多木はうなずき、景光が木葉を促して離れたところで、古藤に耳打ちした。

「木葉を騙したのと同じ手で、その者たちに綱豊を恨ませろ」

「承知しました」

多木が景光のあとを追うと、待っていた木葉が告げる。

「綱豊の居場所をこの者から聞きました。ついてきてください」

「どこへ行くのです」

木葉は答えず路地に入り、少し行った先の仕舞屋の前で立ち止まった。ここに、五人の配下がいるという。

夜中にもかかわらず、木葉が戸に近づいただけで、五人は戸口から出てきて片膝をついた。

どうやら、足音でわかるらしい。

眠っていても即応する配下どもを目の当たりにした多木は、

「さすがは根来衆、よう鍛えられておる」

こう漏らし、配下どもから刺すような眼差しを向けられた。

木葉が言う。

「今よりこの者と、徳川綱豊の首を取りにまいる」

「承知」

忠臣の五人は立ち上がり、帯を解いて着物を脱ぎ、裏返して身に着けた。木葉と同じ茶色の装束は、月明かりに溶け込んで見えにくくなる。

多木と景光が身に着けている濃紺の装束もまた、夜中に威力を発揮するものだ。

五人の配下が鉄砲を持って出ると、木葉は左近がいる谷中に走った。

一里半（約六キロ）の距離を、鉄砲を持って休まず駆け抜けたというのに、木葉と配下たちは平然とした顔をしている。

それは景光も同じで、満足した多木もまた、余裕の面持ちで木葉に言う。

「我ら鬼狩党が、大貞殿の夢を叶えましょうぞ」

木葉は真顔でうなずき、顎の下から布を上げて色白の顔を隠すと、袋から鉄砲を出して左近のぼろ屋敷の裏手に回った。

配下二人が塀の下で向き合い、腕を組む。

一人が音もなく走り、二人が組んだ腕を踏んで跳び上がると、塀を越えて忍び込んだ。

程なく裏木戸が開き、木葉は中に入った。母屋の裏庭で片膝をつき、火縄を鉄砲に装着した。すでに弾と火薬は込められているようだ。

鉄砲を構える木葉に応じて、配下たちが懐から拳大の玉を出すと、母屋の中に投げ入れた。すぐに閃光と共に煙が出て、屋敷に火の手が上がった。

ぱちぱちと何かが弾ける音がして、火は見る間に広がってゆく。

配下は表側で鉄砲を構え、挟み撃ちをするかたちで左近が出てくるのを待った。

だが、屋敷中に火が回っても、誰一人として出てこない。

鉄砲を下ろした木葉は、多木に鋭い目を向ける。

多木は舌打ちして、景光に訊く。

「どうなっておる」

「確かに今日、綱豊はこの屋敷におるはず。抜け穴があるのやもしれませぬ」

「おのれ綱豊め」

燃え盛る屋敷を睨んだ多木は、木葉に告げる。

「まだ手はあります。今日のところは引きあげましょう」

応じた木葉を連れて、多木は隠れ家に戻った。

四

左近は、夜空が赤く染まる谷中を振り向きながら、不忍池のほとりの道をくだっていた。上野北大門町へ行き、西川東洋の家に辿り着いた左近は戸をたたいた。

程なく出てきたのは、おたえの夫の木田正才だ。

汚れている左近たちの姿を見て驚き、中へ招き入れると、東洋を起こしに奥へ行った。

寝台のそばに行った左近は、剣馬が背負っている岩城泰徳をゆっくりと下ろした。泰徳は気を失っている。

呼ばれて起きてきた東洋に、左近が言う。

「発火した玉の煙を吸い、気を失った。息はあるが、目をさまさぬ」

応じて泰徳を診た東洋が、険しい顔で左近に問う。

「何があったのです」

「余の命を狙う者がおるのだ。折悪しく、泰徳とこの剣馬が泊まっていた時に襲われた」

東洋は、頭を下げる剣馬にうなずいた。

抜け穴がなければ、火の勢いに圧されて外へ出たところを鉄砲の餌食にされていたと思った左近は、火に包まれたぼろ屋敷の周囲がどうなったか案じつつ、泰徳の身を心配した。

外を警戒していた小五郎が入ってくると、剣馬に厳しい目を向けて言う。

「襲うたのは、多木に間違いないのか」

剣馬はうなずいた。

「確かにこの目で見ました」

「殿が谷中の屋敷に入られた日に襲うてきたのは、偶然とは思えぬ。おぬし、通じてはおるまいな」

「小五郎、よせ」

止めた左近が、真っ先に刀を抜いて出ようとしたのは剣馬だと言うと、小五郎は引き下がった。

「申しわけない」

剣馬は首を横に振る。

「一度は甲州様のお命を取らんとしたわたしですから、是非もなきことです。それよりも、岩城先生が心配です」

「東洋、どうなのだ」

左近が問うと、泰徳を診ていた東洋は顔を上げた。

「脈も呼吸も問題ありませぬ。おそらく、痺れ薬が混ぜられていたのでしょう」

「小五郎の気付け薬が効かなかったが、確かに毒ではないのだな」

「はい。脈がしっかりしておりますから、いずれ目をさまされましょう」

安堵した左近は、ここで朝を待つことにした。

東洋の診立てどおり、泰徳は夜が明けてから目をさまし、朦朧とした様子で身を起こすと、左近を見てきた。

「わたしは、どうなったのだ」

投げ込まれた玉を外に出そうとして近づいた時に破裂し、煙を吸ったところまでは覚えているという。

左近はその時の様子を教えた。

「倒れそうなところを引っ張って抜け穴に入れ、外に連れ出したところで気を失ったのだ」

「まったく覚えがない。ぼろ屋敷はどうなった」

左近は首を横に振る。

「燃え尽きておろう。すでに煙は上がっておらぬが、延焼がどこまで広がったか心配だ」

「上様から、お叱りがありそうだな」

案ずる泰徳に、左近はうなずく。

「又兵衛からも、こってり絞られそうだ」

剣馬が言う。

「甲州様、わたしが多木を討ちます」

「よせ。一人では無理だ」

「しかし……」

「相手は鉄砲を持っておるのだ」

左近が言うと、小五郎が続いた。

「おそらく多木は、紀州と手を結んだものと思われます」

驚く左近は、小五郎に問う。

「鉄砲を構えていたのは、根来衆と申すか」

「そこを確かめとうございます」

「いや、紀州藩は又兵衛にまかせておけばよい。それより、西ノ丸に入る支度にかかろう。泰徳、おれは藩邸に戻るが、身体を厭え」

「うむ、おぬしこそ気をつけてくれ」

左近はうなずき、剣馬に泰徳を託して藩邸に引きあげた。

藩邸に戻った左近が又兵衛から小言を並べられたのは、言うまでもない。

「幸い火事は谷中の屋敷だけで消し止められましたが、ひとつ間違えば大惨事になるところでした。これに懲りてもらわねばなりませぬ。西ノ丸にお入りになる日まで、藩邸を出てはなりませぬぞ」

命が助かった安堵をあえて隠し、厳しく言う又兵衛の声は震えている。

あと二日しかないが、お琴の顔を見に行けそうにないと思った左近は、小五郎を三島屋に行かせ、藩邸を出る支度にかかった。

そこへ、おこんが来た。

「殿、お手伝いいたします」

愛読している論語の書物を手に取っていた左近は、微笑んで応じる。

「おおかた片づいているようだが、そなたがやってくれたのか」

おこんは笑顔でうなずいた。

「間部様に教えていただきながら、まとめました」

「書物は分別がわかりやすい。助かるぞ」

おこんは微笑んで、てきぱきと手を動かしている。

左近はというと、引っ張り出した書物に興味が湧き、つい開いて見るのだった。

「殿、日が暮れます」

おこんに言われて笑った左近は、平安史の書物を行李に納めると書院の棚の奥に目をとめ、桐の細長い箱を取り出した。蓋を開けると、金の平打ち簪が入っていた。

若い頃、お琴に渡そうと用意していたのだが、お琴が京に行ってしまい、渡しそこねてそのままになっていた物だ。

懐かしい思いで簪を見つめていた左近は、甘い香りに顔を向けた。おこんがそばに来て手元をのぞいたのだ。

「きれいな簪ですね」

「もう古い物だが、気に入ったなら使うがよい」

おこんはためらいの色を浮かべた。

「でも、お琴様にお渡しする品では……」

「よいのだ。遠慮はいらぬ」

おこんは喜んで手に取り、彫られている兎(うさぎ)を見て目尻を下げた。

「可愛い」

「挿(さ)してやろう」

左近が手に取り、おこんの背後から髷(まげ)に挿してやった。ちょうどその時、手伝いに来た真衣がその様子を見て大口を開けて驚き、二人に気づかれぬよう部屋を出ると、嬉しそうな顔をしてきびすを返し、廊下を歩いていた皐月とぶつかった。

「きゃっ」

思わず声が出た口を慌てて塞ぐ真衣に、皐月は眉をひそめる。

「いったい何ごとですか」

「しいっ」

お静かにと言って腕を引く真衣から簪の話を聞いた皐月は、

「どれどれ」

などとつぶやきながら、そっと部屋をのぞいた。

談笑する左近とおこんの様子を見た皐月は、腰の下で四つん這いになって見ようとする真衣の額を押さえ、そっと気づかれぬよう下がった。

真衣が言う。

「殿は、おこん殿に簪を挿してらっしゃいました。これはつまり、そういうことでしょうか」

「さあどうでしょう。でも、殿はお世継ぎが決まったのですから、そなたが考えているようなことになれば、将軍家のためにはよいことです」

嬉しそうな皐月は、邪魔をしないよう下がろうと言い、左近の部屋から離れた。

そのような勘違いが生じているとは思いもしない左近は、喜ぶおこんと共に、西ノ丸に持ってゆく書物の整理に戻った。

そこへ、間部がやってきた。

二人の姿を見た間部もまた大いなる勘違いをしたらしく、咳払いをして声をかけた。

「殿、よろしいですか」

書物を手に振り向いた左近は、わざとらしく横を向く間部に首をかしげ、隣にいるおこんに渡して立ち上がった。

「いかがいたした」

「西ノ丸に入る行列の配置を作りましたので、お目通しを願います」

左近はおこんを下がらせ、間部と打ち合わせをはじめた。

いっぽう剣馬は、泰徳を道場に送り、辰正の家に帰ると言って家路についていたのだが、途中で思い立ったように立ち止まり、来た道を引き返して両国橋を渡った。渡りきったところで、剣馬は表情を険しくして刀の鍔を左手の親指で押さえ、町中を走り抜けてゆく。その顔に、迷いはなかった。

五

二十八日の朝は、抜けるような青空が広がっていた。

甲府藩の表門が開き、西ノ丸に入る左近の行列が出てきた。露払いを先頭に、総勢千人もの家臣が長い列を作り、粛々と西ノ丸へ進む。

長い行列の中に、おこんたち侍女衆はいない。一足先に西ノ丸に入り、左近を迎えるため奥御殿を整えているのだ。

十六年前とは違い、見物の者たちが堀端に集まり、左近の西ノ丸入りを見守っている。

「これだけの行列ですから、手も足も出せますまい」

「たわけ、気を抜くでない」

叱る又兵衛に、三宅兵伍と早乙女一蔵は周囲を警戒した。

堀端の道を犬が走ってきたのは、程なくだ。二匹の赤犬は見物人たちに向かって吠え、今にも嚙みつきそうだが、追い払ったり、万が一怪我でもさせてしまえば厳しい罰を与えられるため皆逃げ惑い、騒然となった。

「静まれ！」

露払いが怒鳴るも、見物人たちは犬を恐れて止まらない。

行列で前がよく見えない又兵衛は、騒ぎを警戒して砂川穂積を見に行かせた。

そのあいだに行列は止まってしまい、犬から逃げる者たちが左近が乗る駕籠のところへ流れてきた。

又兵衛は駕籠を守らせたが、犬は人の騒ぎにより興奮しているらしく、次々と人を嚙みはじめた。

「誰も駕籠に近づけるな！」

又兵衛が言った刹那、逃げ惑う群衆の中から、五人の男が抜け出して迫ってきた。

望月夢路がいち早く気づき、刀の柄袋を飛ばして立ちはだかった。

「曲者！　それ以上近づくな！」

男たちは止まるどころか抜刀し、夢路に斬りかかった。

又兵衛が駕籠を担いでいる陸尺たちに号令する。

「殿をお守りしろ！　急げ！」

心得ている陸尺たちは、それっと声をかけて走りはじめた。

騎馬の供侍たちが道を空けさせ、そのあいだを左近の駕籠が抜けてゆく。

混乱の中で鉄砲の轟音がしたのはその時だ。

足を撃たれた陸尺が倒れ、残る陸尺たちが必死に走る。

道を空けていた騎馬の供侍が戻り、左近の駕籠を左右から挟んで守った。

駕籠から出た左近は、行列が乱され、藩士たちが敵と闘っているのを見て加勢に行こうとしたが、間部と雨宮真之丞に引き止められた。

「殿のお命が大事です」

「犬死をさせてはなりませぬ」

二人に言われ、左近はやむなく徒歩で西ノ丸へ向かった。

騎馬の供侍が道を空け、外桜田御門が見えるところまで来た時、前を守っている雨宮が急に立ち止まったかと思えば、

「危ない！」

一言叫び、左近を突き離した。

その刹那、ふたたび鉄砲の轟音が響き、弾が左近の腕をかすめた。

微風に乗ってきた火縄の臭いにいち早く気づいた雨宮のおかげで、左近は羽織が裂けただけで助かったのだ。

物陰から出た四人の曲者が、抜刀して迫る。

左近を守る間部と雨宮は受けて立ち、激しくぶつかった。

鉄砲の音と共にはじまった斬り合いで、近くにいた見物人たちが騒然とする中、物陰に身を隠していた木葉が、左近を狙って鉄砲を構えている。しかし、騒ぐ町人たちが視界を遮り、木葉は鉄砲を構えたまま通りに出て、自分の配下と対峙している左近に迫った。

「旦那様の仇！」

大声で叫び、左近に狙いを定めて引き金を引こうとした時、腕に小柄が刺さったせいで、筒先があらぬ方向にそれた。

左近から大きくはずれた弾は辻番の柱で弾け、木片を散らせた。

左近を助けたのは、単独で探りを入れていた剣馬だった。剣馬はこの時、甲府藩の行列を見守りながら多木を捜していたのだ。

剣馬は、鉄砲に弾を込めはじめた木葉に、そうはさせぬと叫んで迫る。

すると、木葉の配下が剣馬に向かってきた。

剣馬は配下と刀をぶつけ、火花が散る。

その様子を離れた場所で見ていた多木が、景光に手を振る。

応じた景光はすぐさま動き、残りの兵を二十人引き連れて加勢した。その者どもは、紀伊屋から奪った防具を着け、槍（やり）や弓などで武装している。

左近側とて、何重もの備えは怠（おこた）らぬ。

小五郎とかえでが配下の者を連れて現れ、多木勢と激突した。

外桜田御門前の広場はたちまちのうちに混戦となり、敵味方と町の者たちが入り乱れる騒ぎの中、左近を恨む木葉は決して目を離さず、物陰に潜（ひそ）んで鉄砲に弾を込めた。構えて左近の背中に狙いを定め、迷わず引き金を引いた。

発砲の轟音と反動が来た時、木葉は、仇を取ったと確信した。だが、弾が命中するはずの左近の前に出た者がいた。弾はその者の背中を撃ち抜いた。

「おのれ！」

木葉はみたび弾を込めようとしたが、強く腕を引かれた。

「先鋒（せんぽう）が崩され、甲府藩の者が迫っている。形勢は不利だ。逃げるぞ」

そう言った多木に有無を言わさず腕を引かれた木葉は、左近に恨みの眼光を向けつつ逃げた。

小五郎が追おうとするが、景光が立ちはだかり、黒い玉を投げた。破裂した玉は火花を散らし、真っ白な煙が塀と塀のあいだに充満して、前が見えなくなる。

それでも小五郎は行こうとしたが、煙の臭いにすぐ気づいて下がった。流れた煙を吸った敵の残党が咳き込んで倒れるのを見た小五郎が、皆に叫ぶ。

「痺れ薬だ。下がれ！」

甲州者は左近の周囲に集まり、煙を警戒していたが、風の向きが変わって空に上がり、やがて薄れて消えた。

古藤はその様子を物陰から見ていたが、恐れた表情で、気づかれぬよう走り去った。

左近は、倒れた剣馬を抱き起こした。

「剣馬、しっかりしろ」

ゆっくりと瞼を開けた剣馬に、左近は言う。

「そなたのおかげで助かった。礼を申すぞ」

剣馬は焦点が定まらぬ目で左近を見ると、

「これで……胸を張って……妻のところに行けます……」

息苦しそうにつぶやいて微笑む。

「剣馬さん！」

叫んで駆け寄ったのはお圭だ。左近の腕から剣馬を抱き取り、自分の手についた血を見て悲痛な声をあげた。

「ああ、だめよ。しっかりして、生きて！」

剣馬はお圭を見て、手をにぎった。

「わたしはようやく……武士らしくできた……思い残すことは何もないのだ……これまで……ありがとう……」

言い終えた剣馬は身体から力が抜け、お圭の腕の中で息を引き取った。

大切な人にしがみついて泣き叫ぶお圭の姿に胸を痛めた左近は、かえでにあとを託し、小五郎に告げる。

「剣馬を藩邸に連れて戻るぞ」

すると、お圭が左近に両手をついた。

「わたくしが、連れて帰りとうございます」

左近はお圭の前で片膝をついた。

「剣馬のことはほんとうにすまない。して、亡骸をいかがいたすつもりか」

するとお圭は、左近の目をじっと見つめながら気丈に答える。

「亡き奥方様の隣に葬ってさしあげとうございます」

心底、剣馬に惚れていたのだろう。

そう思った左近は静かにうなずいた。そして、家来たちに亡骸を丁重に運ぶよう命じた。

いっぽう、逃げきった多木は、夜になって千駄ヶ谷の隠れ家に戻った。

悔しがる木葉に、多木はわざと怯え気味に言う。

「まんまと綱豊の裏をかいてやったと思うたが、奴が一枚上手だった。やはり綱豊は鬼だ。このままでは、我らの本懐を遂げられぬ。木葉殿、根来衆の力を借りられまいか」

ためらいの色を浮かべる木葉に、多木が続ける。

「綱豊を目の当たりにして、怖気づいたのか」

木葉は首を横に振った。

「綱豊は憎い。でも、根来衆を集めるとなると、父の許しがいります」

多木はここぞとばかりに畳みかける。

「我らには、大貞殿が遺してくださった七万両がある。軍資金の心配はない。綱教侯を将軍にするためだと言えば、手をお貸しくださるのではないか」

木葉は強い意志を宿した目でうなずき、控えていた配下二人を、国許の里に走らせた。

見送った多木は、木葉に言う。

「お父上からの返事を待つあいだ、我らはここでおとなしくしておろう。綱豊の西ノ丸入りを許してしもうたが、慌てることはない。お父上のお力添えがあれば、必ずや綱豊を討てる」

励ましととらえた木葉は、まことの仇が目の前におるとは思いもせず、真顔でうなずいた。

六

左近が無事西ノ丸に入ったことで、桜田の甲府藩邸は公儀に召し上げられた。

浜屋敷はそのまま手元に残されることになり安堵した左近は、思い入れが深い根津の藩邸について、柳沢に意向を伝えた。

「根津藩邸は、土地の守護神である根津権現に献納したい」

柳沢は、左近を世継ぎと崇め、両手をついて答える。

「よいお考えかと存じます。年明けにも、そのようにいたしまする」

これが、のちの世に躑躅の名所として知られる根津神社のはじまりである。

柳沢が言う。

「年賀の行事でございますが、西ノ丸様がまことの嗣子となられてから初めてのことにございますゆえ、例年よりも厳かにするよう、上様から申しつけられております」

鶴姫が亡くなり、祝う気分ではないはずだが、綱吉は祝賀を優先したのだ。

「将軍というのは……」

私事を捨てねばならぬか、と言いかけて、左近は口を閉ざした。

翌宝永二年（一七〇五）、左近は本丸御殿に上がり、正式な世継ぎとして諸大名から祝賀のあいさつを受けた。

鶴姫が存命だった前回は、鶴姫を狙う刺客の目をそらせるための身代わりではないかと疑う者もいたが、これを機に綱豊から家宣と名を改められたことと、甲府の領地を召し上げられたことが皆に伝わったためか、こたびは疑いを向ける者はおらず、これで将軍家は安泰、徳川の世は盤石だという言葉を聞けた。

綱吉は、世継ぎを決めたことでようやく肩の荷が下りたといった具合に接し、場の空気は終始和やかだった。

ただしこれは、西ノ丸に入る甲府藩の行列が襲撃されたことも大きい。刺客を撃退する甲府藩士の奮闘ぶりが江戸中に広まり、称賛の声が絶えぬ。そして諸大名たちは、襲撃した疑いが向けられぬよう、将軍家への忠節を誓う態度をいつにも増して強く示し、綱吉の機嫌をよくしたのだった。

そんな中、廊下に現れた紀州藩主の綱教を見た左近は、憔悴しきった様子に驚いた。

つつがなく祝辞を述べた綱教は、綱吉から、

「飯を食うておるのか」

そう声をかけられても、諸大名と同じように決して顔を上げず、はいと答えただけだった。

綱吉は、どう声をかけるか迷っているようだったが、祝賀の席であるため鶴姫のことには触れずに、綱教を下がらせた。

すべての行事が終わり、諸大名たちが下城の刻限になると、左近は綱教と別室で向き合った。

呼ばれた意味がわからぬのか、それともとぼけているのか、綱教は心情を読ませぬ面持ちをしている。

頬がこけ、目が落ちくぼんでいる綱教の顔を見つめた左近は、気にかけずにはいられなかった。

「どこか、具合が悪いのか」

綱教は苦笑いを浮かべた。

「上様もわたしの身を案じてくださいましたが、どこも悪くありませぬ」

「息災ならば、よかった」

綱教は居住まいを正した。

「改めまして、このたびはまことにおめでとうございます」

左近は言う。

「そなたから、将軍の座を奪ったという声もあるようじゃが」

「世間というのは困ったもので、とかくおもしろおかしく言いたがるものでございましょう。わたしは、上様のご英断に感服し、喜んでおりまする」

綱教の笑顔に偽りはないように思えた左近は、襲撃に関わっていないと確信し、胸をなでおろすのだった。

西ノ丸の暮らしは二度目ということもあり、家臣たちに混乱もなく、穏やかな日が過ぎていく。

その中で、お益は浮き足立っているようだった。

農家の生まれで、商家に奉公していた身が、左近に助けられた縁で西ノ丸の奥御殿女中として仕えることになったのだから、無理もない。

皐月が心得を教えても、

「これ、聞いているのですか」

と叱るほど、呆然とした面持ちでいるのだ。

そのお益も、ひと月が過ぎる頃にはようやく落ち着きを取り戻し、つつがなく働き、新たに西ノ丸へ入った女中たちとも打ち解け、素直な性格ゆえに可愛がられた。

気にかけていた左近は、おこんから様子を聞いて安堵し、

「そなたがよう面倒を見ておるからであろう」

そう褒めると、おこんは謙遜しながらも、嬉しそうな顔をした。

庭に小五郎が来たのは、おこんが下がったあとだ。

「お迎えに上がりました」

外桜田の襲撃以来、西ノ丸に怪しげな者が紛れ込んでいる気配もなく、又兵衛などは、年賀の行事で大々的に世継ぎが広められたことと、何より、綱教と二人で話をしたのが大きかったのではないかと言う。

紀州の者どもは、ついにあきらめたと言うのだ。

ともあれ、又兵衛がそう思うのは、左近にとっては都合がよく、今日はようやく西ノ丸を出られる運びとなり、いつもの藤色の着物に着替え、宝刀安綱を手にお琴のもとに向かった。

愛宕権現社の門前に差しかかった時、馬の嘶(いなな)きと人の歓声が聞こえてきた。見ると人だかりがあり、その先にある壁のごとく急な石段を、騎馬が駆け上がっていた。手綱(たづな)を操っているのは、見覚えのある者だった。

以前ここを通った時に、馬を引いて石段を見上げていた若侍に違いなく、左近は石段に近づいて見守った。

見事な手綱さばきで馬をのぼりきらせた若侍に対し、見物していた者たちからより大きな歓声があがった。

それに気をよくした若侍は片手を挙げて応(こた)え、今からくだると言うではないか。

これには見物人たちが驚き、危ない、落ちるぞと声をかけて止めようとした。

だが若侍は、馬の首をたたいて意思疎通(いしそつう)を図り、馬もそれに応えるように嘶くと、石段をくだりはじめた。そして見事に、やり遂げたのだ。

喝采(かっさい)の声を浴びている若侍を見ていた左近は、

「なかなかの武者ぶりでございましょう」

背後でした声に振り向いた。

「頼方殿」

その折は、と年賀のことを口にする頼方に、左近は微笑んでうなずいた。

「ここで会うのは偶然か、それとも……」

「馬術の腕を見込んで、挑ませたのです」

「貴殿の家来であったか」

頼方はうなずいた。

主君と話をする左近に対し、若侍は馬を下りて頭を下げた。その若侍に町の者たちが駆け寄り、惜しみない称賛の声を浴びせて囲むものだから、若侍は群衆に呑み込まれてしまい、こちらに来られなくなった。

頼方はそちらを見ようともせず、左近と向き合い、真顔で告げた。

「まだ油断はなされませぬように」

「どういう意味だ」

問う左近に、頼方は答えを返さぬまま黙って頭を下げると立ち去った。どこからともなく四人の供侍が現れ、頼方を守っている。

身辺警固はこのようにしろと見せられた気がした左近は、帰る頼方を慌てて追う騎馬の若侍を見送り、三島町へ向かった。

「旦那、あっしはもう嬉しくて」

権八は涙を流して喜んだ。

そのいっぽうで、お琴はどこか寂しそうな顔をしている。正式に世継ぎとなれば、これまでのように城の外へ出られなくなると思っているのだろうか。

「お琴、いかがいたした」

微笑んで首を横に振るお琴を見たおよねが、左近に言う。

「いずれ将軍様になられたら、もうここには来られないのですか」

「そのような先のことを心配していたのか」

「だってそうでしょ、将軍様ですもの」

「およねさん……」

お琴が止めたが、およねは止まらない。

「いつ将軍様になられるのですか」

「およね、それは明日何が起きるか言い当てるのと同じだ。誰にもわからぬ。ただ言えるのは、これまでと何も変わらぬということだ」

みさえが嬉しそうな顔をして、お琴の袖（そで）を引いた。

お琴が微笑み、権八が笑った。

「だから言っただろう。左近の旦那は、雲の上にのぼってもお琴ちゃんを忘れるわけねえって」

左近も笑い、

「甲府の領地が召し上げとなった今は、国許の政（まつりごと）もなく暇（ひま）ゆえ、しばらくゆっくりいたそう。二、三日泊まるが、よいか」

そう言うと、お琴が明るい顔で応じた。

権八が鼻を赤くした顔を突き出してきた。

「旦那、それじゃ西ノ丸においでのあいだは、毎日のように外へ出られるってわけですね」

「毎日とはいくまいが、藩主の時よりは、暇ができよう」

「そいつはいいや。仕事から帰る楽しみがひとつ増えやした」

およねがからかうように言う。

「お前さんは、左近様と飲むのが好きだからね」

「おうよ、味が何倍もよくなるってもんだ。てことでもう一杯」

手酌(てじゃく)をして酒を飲む権八の幸せそうな顔を見ていると、左近は気分が明るくなるのだった。

七

月日が流れ、桜が散る頃になっても、木葉の父津田十蔵から返事がなかった。

「父上は、何をしておられるのか」

囲炉裏のそばで肘枕(ひじまくら)をして眠っていた多木が、配下に苛立(いらだ)ちをぶつける木葉の声にやおら起き上がり、あくびをしながら言う。

「ここまできたら焦(あせ)ることはない。我らがおとなしくしていることで、綱豊、いや家宣が町に出る回数が増えている。今しばらく放っておき、すっかり油断したところを一撃で仕留める。これが、鬼を狩るにはもっともよい手だ」

遊び人のような体(てい)たらくで日々を送っている多木に対し、木葉は不服そうな顔をして答えない。

多木はじっと見つめた。

「怒った顔も、色気があるな」

木葉は懐刀に手をかけた。

「戯れ言を申すな」

「褒めたのだ。襲うたりせぬからそう怒るな」

興ざめしたように多木は背中を向けて横になり、また昼寝をしはじめた。

木葉が何もできぬまま日が過ぎてゆき、やがて梅雨時になった。

笠と蓑を着けた根来の者が戸をたたいたのは、ある強い雨の日の夕方だ。多木の手下が戸を開けると、外が紫紺に光り、激しい雷の音が地面を揺らした。

待ちに待った父の文を受け取った木葉は、油紙をはずし、しっかりとした父の字に安堵しつつ文を開いた。

——風向きが悪い。国へ帰れ。

書かれていたのは、これだけだ。

眉をひそめた木葉は、雨具をはずさず返答を待つ使者に問う。

「これはどういうことです」

「お頭は、お嬢様の身を案じておられます」

多木が鼻で笑った。

「音に聞く根来衆の頭目も、娘のことになるとただの人であるか」

使者は殺気を帯びた目を多木にちらりと向け、木葉に言う。

「お頭は、世の流れを見ておられます。大貞ごときのために、命を捨ててはなりませぬ」

木葉は唇を噛んだ。

「家宣を討てぬと言うのですか」

「お頭の命に従ってください」

「答えになっておらぬ」

声を荒らげる木葉に、使者は冷静な顔で告げる。

「どうか、それがしと紀伊へお戻りください。お頭が待っておられます」

「わたしは家宣を討ち、綱教侯が将軍になる道を開きます。父上にそう伝えてください」

「お嬢様……」

「我ら江戸組だけでやると決めたのです。そなたは国へ戻りなさい」

使者は片膝をついた。

「戻れませぬ」

「くどい、去れ」

厳しく言われた使者は、頭を下げたまま戸口へ引き、豪雨の中を出ていった。

木葉は、左近がたびたび町に出ているのを知るだけに、仇討ちをあきらめない。

「これまで待ったのが無駄となった。多木殿」

「うむ」

「こうなったら、江戸の紀州藩邸に詰めている八人の根来衆だけでやります」

「仕方ない。では、わしも兵を集めよう」

うなずいた木葉は、配下を上屋敷へ走らせた。


昨日の雨が嘘のように、今朝はよく晴れている。

西ノ丸にいる左近は、暇を持て余していた。

庭で矢を射ると、弓を小姓に渡し、控えている間部に訊く。

「書類はないのか」

間部は苦笑いを浮かべた。

「ありませぬ。学問をされてはいかがですか」

「では、白石のところにでも行くか」

「はは」

「それにしても、世継ぎがここまで暇だとは思わなかった」

本心を口にすると、間部が返答に困った面持ちをしている。

そこへ紋付羽織に袴姿の若者が庭に現れ、広縁のそばで片膝をついた。小五郎の配下だ。

小五郎が遣わしたその者は、左近が広縁に出るのを待ってから告げる。

「多木の隠れ家と思しき場所を突き止めました。ただいまお頭が向かわれてございます。お指図を」

左近が答える前に、間部が口を挟む。

「行列を襲うたのは、多木一人の力とは思えませぬ。ここは泳がせて、背後におる者を突き止めるべきかと」

左近はうなずき、小五郎にそう伝えるよう命じた。

入れ替わりにかえでが来た。

「お頭から続いての知らせです」

次は紙縒りを渡された左近は、かえでに険しい顔を向けた。

「これは確かか」

かえでは無言でうなずく。いつになく心配そうな顔だ。

間部が左近に問う。

「何ごとですか」

左近は紙縒りを渡し、かえでに告げる。

「かの者の動きを探り、何かあればすぐに知らせてくれ。余は浜屋敷にて待つ」

「承知いたしました」

足音を立てず去るかえでを見送った左近は、藤色の着物に着替えて西ノ丸を出た。

手の者が千駄ヶ谷の隠れ家に駆け込んだのは、日が西に傾きはじめた頃だった。

「家宣が今朝、西ノ丸を出ております」

木葉が苛立たしげに吐き捨てる。

「知らせが遅い」

「申しわけありませぬ。西ノ丸大手門を見張っておった者が出かける家宣の跡をつけたのですが、甲州者に阻(はば)まれ、ここを突き止められぬよう潜んでおったそうです」

「家宣は今どこにいる」

「わかりませぬが、別の見張りに確かめましたところ、城を出たきり西ノ丸には帰っておらぬそうです」

木葉が言う。

「妾のところに決まっている。支度をするぞ」

恨みのあまり鬼女のごとく険しい顔をしている木葉を、多木がたしなめる。

「慌てるな。ここは、じっくりいかねばしくじるぞ」

木葉は不機嫌な顔を向ける。

「このところ、家宣の行き先は三島屋だけだ。今宵こそ、鬼の首を取る」

隠れ家でこの時を待っていた木葉は配下たちを鼓舞し、多木に訊く。

「兵は集まっているのか」

「五十人もおればよいだろう。いつでも出られるよう、支度は万全だ」

木葉はうなずき、鉄砲を手にした。配下たちと外へ出ようとした時、戸口を守っていた見張りが声を張り上げた。

「何奴だ！」

途端に静かになり、戸口から黒の着物に灰色の羽織を着けた商人の男が入ってきた。

多木が木葉に耳打ちする。

「紀伊屋のあるじだ」

木葉は鉄砲を置いて問う。

「紀伊屋のあるじが、ここになんの用ですか」

藤東は答えず、戸口に向く。すると、黒羽織に灰色の袴を着けた若侍が入ってきた。

多木は眼光を鋭くする。

「頼方殿か」

藤東はうなずいた。

「さよう、こちらは松平頼方様です」

堂々とした態度の頼方が、木葉に問う。

「大貞はどこにおる」

「昨年の師走(しわす)に、家宣に殺されました」

木葉が怒りを押し殺すような低い声で答えると、多木が続いた。

「綱教侯のために家宣を暗殺しようとして、返り討ちに遭(お)うたのです」

頼方が多木に厳しい目を向ける。

「たわけたことを申すな。それがまことであれば、今頃紀州徳川家は潰されておる。どうした、顔色が優れぬが、余はそのほうにとって都合が悪いことでも申したか」

表情を一変させ、狡猾な笑みを浮かべる多木を見た木葉がすっと離れた。

頼方が問う。

「大貞を殺したのはそのほうか」

「ふん、知らぬな」

「余が何も知らずに来たと思うな。ここに、紀伊屋から奪った金と武具があろう。そのほう、大貞と仲間割れをして殺し、家宣侯に成敗されたと偽って根来衆を手の内に引き込んだつもりだろうが、余の目はごまかせぬぞ」

それでも、多木は笑って答える。

「絵空事を語るのがお好きなようだが、証拠はあるのですか。妄言は、恥をかくだけですぞ」

「大貞は紀伊屋の番頭の女房に罪を着せて逃れた気でおったろうが、余の手の者が見張っておるとは、気づかなかったようだ。ここを突き止めるのに少々手間取ったが、そのほうがこれまで重ねた悪事の証は、この隠れ家を調べれば出てこよう」

そこへ、景光が手勢を連れて現れた。

頼方と藤東を囲むのを見て、木葉が多木を睨んだ。

「騙したな」

多木は忌々しげに答える。

「奴が悪いのだ。家宣を討つため、奴の指示どおり金を集めたというのに、わしを殺そうとしたのだ」

「だから殺したのか」

「仕方がなかろう。殺らねばわしが死んでおった」

「おのれよくも……古藤殿も、口封じに殺したのか」

「知らぬな。奴には、外桜田の襲撃に失敗した日から会うておらぬ。臆病風にでも吹かれて姿を消しておるのだろうが、もはやどうでもよい」

木葉は鉄砲をつかもうとしたが、多木が鞘の鐺で腹を突いた。

倒れて呻く木葉に、多木はほくそ笑む。

「あとでたっぷりと可愛がってから殺してやるゆえ、そこでおとなしく待っておれ。景光！」

「はは」

「頼方を生かして帰すな」

「承知！」

景光が手勢に指図をしようとした時、馬の嘶(いなな)きが轟(とどろ)いた。

表門が騒がしくなり、多木の手下が庭に駆け込んできた。何かを告げようとしたその者は、うっと声を吐いたかと思うと、目を見開き、うつ伏せに倒れた。その背中には矢が刺さっている。

続いて、赤い房(ふさ)を着けた黒馬に跨(また)がった左近が入ってくるなり、頼方を囲む手勢に向かって弓矢を射た。

強弓(ごうきゅう)で肩を射抜(いぬ)かれた者が飛ばされ、他の者たちは、馬を馳(は)せて迫る左近を恐れて下がった。

頼方を守って馬から下りた左近に、多木が恨みに満ちた目を向ける。

「家宣自らが来るとは、天は我らに味方したか。頼方殿、これは紀州藩にとってまたとない好機ですぞ。ここで家宣を葬(ほうむ)れば、綱教侯がお世継ぎです」

頼方が多木に厳しい顔を向ける。

「たわけ、そのほうの夢はこれまでじゃ。よう見ろ」

「何……」

多木が目を向けると、己の手勢の背後に小五郎と甲州者たちが姿を見せた。

左近が多木の手下どもに大声で告げる。

「良心ある者は去れ。極悪非道の多木一味に与する者は、葵一刀流が斬る」

金欲しさに集まっていた浪人たちは、左近と頼方の堂々たる姿と気迫に圧され、半数の者が逃げていった。

憎しみに目を血走らせた多木は、刀を抜いて叫んだ。

「者ども逃げるな！　家宣の首を取った者には思いのまま褒美をつかわす！　将軍の直参も夢ではないぞ！」

仕官を夢見る者たちは多木に従い、おうと応じて気勢をあげる。

先に動いたのは小五郎だ。

配下と共に手裏剣を投げ、敵の出端をくじいた。

「かかれ！」

多木の声に応じ、左近の前にいる者たちが動いた。

弓を捨てて安綱を抜いた左近は、斬りかかってきた者の刃をかい潜り、振り向きざまに足を斬った。その左近の背中を斬らんと刀を振り上げた者の殺気に応じて振り向いた左近は、打ち下ろされた刀身をかわして安綱を一閃した。

胴を斬られた敵が呻いて倒れるのを見もせぬ左近は、頼方と背中を合わせて敵に向きながら言う。

「一人で危ないことをする」

「お言葉、そのままお返しします」

笑みを交えて答えた頼方は、斬りかかってきた者の刀身を弾いて胸を突くと、左近に問う。

「何ゆえ、わたしがここにおるとおわかりになられたのですか」

「多木の隠れ家を突き止めた家来が、そなたが手の者に探らせているのを知ったのだ。それゆえ、そなたを見張らせておった」

頼方に動きがあったと知り、急ぎ来たのだと左近が言うと、頼方は斬りかかった相手を袈裟斬りにしてから口を開く。

「この一件に兄は関わっておりませぬ」

「わかっておる」

左近は、襲ってきた相手が刀を振り下ろすより先に安綱を一閃する。

肩を斬られて下がる者を追わぬ左近は、頼方と並び、正面の敵に切っ先を向けて押し返した。

頼方は、右から斬りかかってきた敵の刃を弾き上げ、額を拝み斬りにすると身をひるがえし、背後から斬りかかった敵の一撃を右にかわしざまに刀を振るい、横腹を斬った。

敵を斬り倒しながら進んできた小五郎が、配下の者たちと左近を守り、頼方のほうは、どこからともなく現れた側近の者たちが守っている。

形勢不利と見た多木は、景光と二人でふたたび逃げようとした。

警戒していた小五郎が口笛を吹くと、門に向かう二人の前にかえでが現れ、配下の甲州者と逃げ道を断った。

景光が煙玉を投げようとしたが、かえでの配下が投げた手裏剣が額と喉に突き刺さり、目を見開いた景光は声もなく倒れた。

「おのれ家宣!」

叫んだ多木が戻り、怒りに我を忘れた様子で左近に迫る。

小五郎が迎え撃ち、刀を振り上げた多木に手裏剣を投げて出端をくじくと、地を蹴って跳び上がり、頭上から振り下ろした刀で袈裟斬りにした。

呻いて倒れる多木を見ていた木葉が、小太刀を逆手に持ち、喉を突いて自害しようとしたが、頼方が手首をつかんで止めた。

「つまらぬ者のために、命を粗末にするな」

涙を流す木葉から小太刀を奪った頼方は、手を引いて庭に下り、左近の前で刃を隠して片膝をついた。

「騙された哀(あわ)れなこの者に、お目こぼしを願いまする」

外桜田で鉄砲を使う木葉を見ていた左近は問う。

「根来の者か」

木葉は平伏(へいふく)して答えた。

「どうか、わたしを罰してください。国許の父は、関わりありませぬ」

悔恨(かいこん)の念を示すその姿を見た左近が頼方に目をやると、いつもは自信に満ちた顔をしている若者も、神妙な面持ちで頭を下げている。

木葉はおそらく、根来衆の中でも上位の者であろうと察した左近は、若き藩主の願いを聞き入れた。

「頼方殿、万事そなたにまかせる」

「はは。ありがとうございます」

平身低頭する頼方のまごころを受けて、左近は小五郎たちと引きあげた。

八

月日は穏やかに流れ、西ノ丸での暮らしも落ち着いていた。

甲府藩主の時のように領地運営もなく、月に何度か本丸御殿に上がって行事をこなす暮らしは、左近にとっては退屈な日々と言えよう。

お琴に会いに三島町へ通えるのが唯一の救いだが、多木とその一味との闘いで家来を何人か死なせてしまったことが、足かせになっていた。

「まだ、お命を狙う者がおるやもしれませぬ。しばらく外出はお控えくだされ」

逃げた者がすべて捕らえられていないのも、又兵衛の警戒心を強めているのだ。

そのため左近は、お琴の店には足を運べずにいた。

小五郎から、お琴やみさえたちの様子を聞くのを楽しみにしながら過ごし、五月を迎えた。

そして、湿気を伴う暑さの中、頼方が西ノ丸を訪ねてきた。

多木を成敗して以来、本丸御殿でも顔を見ることがなかっただけに、気にしていた左近は書院の間に通すよう命じた。

だが頼方は、二人きりで話をしたいと言う。

そこで左近は、西ノ丸の庭を望める茶室に誘い、膝を突き合わせた。

「木葉はどうしておる」

問う左近に、頼方は真顔で答える。

「そばに置き、いろいろ仕込んでございます」

「根来衆を使うか」

「はい」

「そうか」

それもよかろうと思った左近に、頼方は告げる。

「本日は、ご報告がございます」

「聞こう」

「木葉から話を聞き、多木と行動を共にしていた古藤義頼の行方を追っておりましたが、密かに紀州藩邸の自室に戻り、切腹しているのが見つかりました」

頼方をじっと見ていた左近は、問わずにはいられなかった。

「辛そうだが、何があった」

頼方は目に涙を浮かべ、両手をついた。

「綱教様が、身罷りました」

思わぬ言葉に、左近は声を失った。

「急な病にございます」

頼方にそう言われて、正月以来会っていなかった綱教を思い、やはり病だったかと、左近は胸を痛めるのだった。

「鶴姫様を死なせてしまったことを、上様から責められたと聞いている。心労が祟ったのであれば気の毒だ」

頼方が気を取りなおして言う。

「古藤は主君の死を知り、追い腹を切ったものと思われます」

「忠臣ゆえの、こたびの所業か」

「綱教侯は、大貞と古藤に目をかけておりましたが、曲がった忠義にございます」

「うむ」

「ともあれ、これで兄を担ぎ、西ノ丸様のお命を狙う者は尽きました。ご安心ください」

この言葉で、左近の頼方を見る目が一瞬鋭くなった。

まさか、そのほうが実の兄を――。

そう問おうとしたが、頼方の苦渋に満ちた表情を見て察した左近は、言葉を呑み込んだ。

「そなたのおかげで、今日があると思うておる」

暗に伝えたつもりだが、頼方は心底を読ませない。

頭を下げて辞そうとする頼方に、左近は言う。

「また会おう。そなたとは、城の外でじっくり話をしたい」

頼方は微笑んでうなずき、

「是非とも。その日を楽しみにしておりまする。では」

頭を下げ、茶室から出ていった。

外に出て見送った左近は、颯爽と歩む頼方に目を細め、そばに来た小五郎に告げる。

「あの者に、ただならぬ気概を感じる」

「葛野藩主としての手腕は、かなりのものかと」

「調べたのか」

左近が目を向けると、小五郎は真顔でうなずいた。

微笑んだ左近は、ぼそりとつぶやく。

「あの者は、小藩のあるじで終わる器ではあるまい。先が楽しみだ」

左近は笑って空を見上げた。抜けるような青空を飛んできた一羽の鳥が大木の松の枝に止まり、左近を見下ろしてきた。

左近は目を細める。

「美しい隼だ」

隼は答えるようにひと鳴きして、飛び立っていった。

双葉文庫

さ-38-34

新・浪人若さま 新見左近【十六】
鬼狩党始末

2024年4月13日　第1刷発行

【著者】
佐々木裕一

【発行者】
箕浦克史
【発行所】
株式会社双葉社
〒162-8540 東京都新宿区東五軒町3番28号
［電話］03-5261-4818(営業部)　03-5261-4868(編集部)
www.futabasha.co.jp(双葉社の書籍・コミックが買えます)
【印刷所】
中央精版印刷株式会社
【製本所】
中央精版印刷株式会社

【フォーマット・デザイン】
日下潤一

ISBN978-4-575-67196-4 C0193
Printed in Japan